Barbara Siwik

# Die Märchenweberin

www.karinaverlag.at

*Bibliografische Information der Nationalbibliotheken:*
*Die Deutsche Nationalbibliothek verzeichnet diese Publikation in der Deutschen Nationalbibliografie; detaillierte bibliografische Daten sind im Internet über http://dnb.dnb.de abrufbar.*
*Die Österreichische Nationalbibliothek verzeichnet diese Publikation in der Österreichischen Nationalbibliothek.*

Impressum:
1. Auflage 2016
Karina-Verlag, Vienna
http://www.karinaverlag.at/
karina.bookoffice@gmail.com

Bearbeitung, Layout, Design: Renate Zawrel
Lektorat: Renate Zawrel
Herausgeberinnen: Renate Zawrel / Karin Pfolz

ISBN 978-3-903161-06-1

Barbara Siwik

# Die Märchenweberin

## Inhalt

## Der Märchenwebstuhl

Vor langer, langer Zeit – als die Wolle der Schafe noch von fleißigen Spinnerinnen zu einem langen Faden gesponnen und das so entstandene Garn auf klappernden Webstühlen von ebenso fleißigen Händen zu Tuch verarbeitet wurde – damals also lebte eine junge Weberin. Sie verstand es, besonders feines Linnen zu weben, das jeder Händler ihr gern abkaufte.

Da wurden die anderen Weberinnen neidisch, drangen bei Nacht in die Hütte des Mädchens ein und zerstörten dessen Webstuhl.

Die Ärmste wusste nun nicht mehr, wie sie sich ihr tägliches Brot verdienen sollte, denn für einen neuen Webstuhl reichte das Geld nicht aus.

„Ich werde mir irgendwo eine Stelle als Magd suchen", dachte sie, packte ein paar Dinge zusammen, vergaß auch das Weberschiffchen nicht, ohne das Weben nicht möglich war. „Wer weiß!", dachte sie. „Vielleicht kann ich es doch noch einmal gebrauchen."

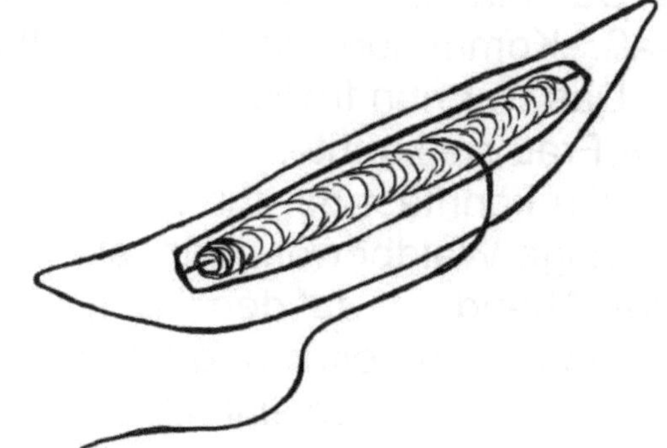

Mara – so hieß die junge Weberin – machte sich auf den Weg, fragte in jedem Dorf nach Arbeit, aber es wurde keine Magd gebraucht. Freundliche Leute gaben ihr jedoch etwas zu essen und auch ein Lager für die Nacht.

Gegen Abend des dritten Tages erreichte Mara einen Wald, der ihr hell und freundlich erschien, obgleich Wälder doch stets etwas Unheimliches an sich hatten, besonders in der Dunkelheit.

Ein schmaler Pfad, gesäumt von blühenden Büschen, schlängelte sich zu einer Lichtung, auf der ein Häuschen stand, umgeben von einem kleinen Blumengärtchen. Aus der Hütte aber tönte – das Klappern eines Webstuhls.

„Hier bin ich richtig!“, dachte Mara und klopfte.

Es freundliches *Herein!* war zu hören und die Tür sprang fast von selbst auf.

Das Mädchen erblickte eine Frau – weder jung noch alt – die an einem Webstuhl saß. „Komm nur!“, sagte sie. „Ich habe dich erwartet.“

Das war nun freilich eine Überraschung, aber Mara wagte nicht zu fragen, woher die Frau sie kannte.

„Du könntest mir für eine gewisse Zeit beim Weben helfen“, erklärte die merkwürdige Waldbewohnerin, stand von ihrem Platz vor dem Webstuhl auf und stellte das Abendbrot auf den Tisch. „Du suchst doch Arbeit, nicht wahr?“

Mara nickte eifrig und fragte nun doch: „Wer seid Ihr?“

„Oh! Nenn mich einfach Frau Urd“, erwiderte die Frau.

Dann ließ sie sich erzählen, was für ein Unglück dem Mädchen widerfahren war, doch Mara wurde das Gefühl nicht los, dass ihre Gastgeberin dies alles längst wusste. Nach dem Nachtmahl erhielt sie in einer Kammer ein weiches Nachtlager und schlief bald darauf fest und traumlos.

Als Mara am Morgen den Wohnraum betrat, bemerkte sie einen zweiten Webstuhl.

Frau Urd erklärte: „Der gehört meiner Schwester Skuld. Darauf darf nicht jeder weben. Du scheinst mir dafür jedoch geeignet zu sein."

Mara kramte das Schiffchen aus ihrem Bündel hervor und hielt es Frau Urd hin. Die begutachtete es und meinte, es sei genau das rechte für diesen Webstuhl.

Tage und Wochen gingen dahin. Mara webte das feinste Linnen, das sie je zustande gebracht hatte, doch Frau Urds Tuch sah völlig anders aus, obgleich sie offensichtlich das gleiche Garn wie das Mädchen benutzte – ihr Tuch besaß Farbe! Manche Streifen leuchteten geradezu, andere wiesen herrliche Muster auf. Es gab auch Stücke, deren Anblick ein wenig traurig stimmte und zum Glück sehr viele, bei deren Betrachten einem warm ums Herz wurde.

„Ich möchte auch weben können wie Ihr, Frau Urd! Ihr zaubert so wunderbare Dinge aus dem farblosen Garn", seufzte Mara und strich begeistert über einen bunten Tuchstreifen. Vernahm sie da Lachen und Kichern?

Verunsichert fuhr sie zurück.

„Hab' nur keine Angst, Mädchen", beruhigte Frau Urd. „Es ist die reine Freude, die dir entgegen klingt!" Sie nahm die Hand des Mädchens und legte sie auf eine mattfarbige Strecke des Tuches.

Mara beschlich eine unerklärliche Beklemmung …

„Fühlst du es?", fragte Frau Urd ernst. „Das ist die Traurigkeit, die ihre Arme nach dir ausstreckt."

Schnell zog Mara die Hand zurück. „Das Tuch lebt!", stellte sie erstaunt fest.

„Nun, so würde ich es nicht nennen", widersprach Frau Urd lächelnd. „Aber es erzählt Schicksale – frohe und traurige, spannende und alltägliche. Dies ist – wenn du so willst – ein Geschichtenwebstuhl."

„Und wer kauft Euer Tuch?"

„Die Menschen auf dem Markt natürlich", antwortete Frau Urd.

„Aber dann macht Ihr ja viele auch traurig!", rief das Mädchen aus.

Frau Urd schüttelte den Kopf. „Glaub' mir! Jeder kauft nur den Stoff, der zu ihm passt oder den, der für ihn gerade hilfreich ist."

Das verstand Mara nicht, wagte jedoch nicht nachzufragen, deshalb lenkte sie ab und erkundigte sich: „Wo ist denn Eure Schwester Skuld?"

„Oh! Skuld ist unterwegs und erwirbt das Garn, aus dem das Tuch gewebt wird. Das ist eine mühsame Sucharbeit. Der Faden muss reißfest sein und dort gesponnen werden, wo viele Menschen beisammen sind. Was sie erzählen, fließt nämlich in ihn hinein und wird dann zu dem Tuch verwebt, das du hier siehst und – erfühlen kannst."

„Aber warum erscheint dann auf Frau Skulds Webstuhl aus diesem Garn nur farbloses Linnen?", klagte Mara enttäuscht.

„Weil du nicht Skuld bist!" Frau Urd lachte leise, trat an einen Vorhang, zog ihn zurück und der Blick auf einen dritten Webstuhl wurde frei.

„Der gehört meiner Schwester Vernandi. Auch sie ist unterwegs, um das richtige Garn zu erwerben."

„Ihr seid … Hexen …", stellte Mara stockend fest.

„Es kommt darauf an, was du darunter verstehst", sagte Frau Urd nun wieder sehr ernst. „Wir sind weder böse noch gut. Wir sind nur drei Weberinnen, die aus besonderem Garn besonderes Tuch herstellen. Oft genug reißt der Faden. Das heißt, eine Geschichte wird beendet. Dann müssen wir neu zu weben beginnen …"

„Warum erzählt Ihr mir das alles?“, fragte Mara beklommen.

Jetzt leuchtete Frau Urds Gesicht wiederum freundlich auf. „Weil wir drei dir ein besonderes Geschenk machen werden. Du bist geschickt, fleißig, bescheiden, freundlich und vor allem nicht rachsüchtig. Wir haben lange nach einer Weberin wie dir gesucht.“

Und Frau Urd erzählte: „Eines Tages – es ist schon sehr lange her – kam Vernandi mit einem besonderen Garn zurück. Ein alter Schäfer hatte es gesponnen, während er seine Schafe weidete, und alle Märchen hineinfließen lassen, die er kannte. Es waren viele und sobald er dachte, nun habe er sich selbst das letzte erzählt, wurden ihm von den Leuten, die an seinen Weidegründen vorüberkamen, neue erzählt, aus aller Herren Länder, Märchen für Kleine und Große. Und das Beste daran war, so traurig es darin oft auch zuging, am Ende wurde stets alles gut.

Niemals in all den Jahren riss dem Schäfer der Faden, obgleich das Garn, das er spann, fein war wie der Faden einer Spinne. Auch die Garnrolle behielt die gleiche Größe. Als Vernandi ihm begegnete, erkannte der Alte gleich, dass sie eine besondere Weberin war. Er bat sie, das Märchengarn zu verwahren und es einem Menschen zu schenken, der daraus genau den Stoff weben könne, aus dem die Märchen sind. Dann riss er selbst den Faden ab.“

„Was wurde aus ihm?“, fragte Mara wissbegierig.

„Nun, er starb. Seine eigene Lebensgeschichte war zu Ende“, entgegnete Frau Urd. „Aber du sollst jetzt seine Erbin sein. Dein Linnen ist so fein gewebt wie ein Märchen nicht lichter und schöner sein könnte.“

Sie trat an ein Schränkchen und holte eine Spule heraus, gerade so groß, dass sie in Maras Weberschiffchen hineinpasste. Darum wand sich ein in allen Regenbogenfarben schimmernder Faden.

„Daraus sollst du zu aller Kinder Freude Märchen weben.“

„Ich habe keinen Webstuhl mehr“, erinnerte Mara traurig.

„Oh, da mach dir keine Sorgen“, tröstete Frau Urd. „Du wirst ihn – unsichtbar für andere – immer vor Augen und vor Händen haben.“

„Und wenn keiner die Märchen hören will?“

Frau Urd lächelte. „Hast du nicht vorhin das Kichern und Lachen gehört? Das waren deine Abnehmer.“

Als Mara am nächsten Morgen erwachte, lag sie im Gras auf der Lichtung des freundlichen Waldes. Neben ihr glänzte das Schiffchen mit dem bunten Märchenfaden. Sie wanderte froh nach Hause und webte von da an nur noch Märchen.

Ein paar davon habe ich von meiner Ur-Ur-Ur … Großmutter geerbt und für euch aufgeschrieben.

# Der kleine Steinbeißer

Der kleine Steinbeißer lebte seit undenklichen Zeiten ganz allein in einem Wald hinter den grauen Bergen. Um einen gleichartigen Gefährten zu finden, hätte er lange suchen müssen, aber er wollte seinen Berg nicht verlassen. Darin gab es nämlich eine Grotte – einen glitzernden Steinbeißerpalast. Dort verweilte der kleine Geselle am Tag, wenn draußen die Sonne brannte, und knabberte Diamantenbonbons. Davon wurde sein Steinbauch prall wie eine Kugel und seine tellergroßen Augen funkelten wie Sterne.

Sobald die Sonne untergegangen war, stampfte er auf seinen kurzen Steinbeinchen zum Rand eines Teiches. Dort setzte er sich ans Ufer und blickte hinauf zu seinem Freund, dem Mond. Der grinste freundlich auf den kleinen Gesellen herab und zwinkerte ihm mit dem linken Auge zu.

Eines Abends vernahm der kleine Steinbeißer ein Weinen. Es schien aus dem Teich zu kommen. Neugierig beugte er sich über den Uferrand und – plumpste mit lautem Platsch ins Wasser. Glücklicherweise müssen Steinbeißer nicht atmen und können also auch nicht ertrinken.

Der Kleine sank sofort bis auf den Grund hinab. Dort war es sehr finster, doch seine Diamanten-Funkelaugen durchdrangen die Dunkelheit wie winzige Scheinwerfer. Geschickt wich er den Schlingpflanzen aus, die gierig nach seinen Steinhörnchen angelten, ruderte mit den breiten Steinhänden durchs trübe Wasser und stampfte durch glitschigen Schlick.

Im Wasser klang das Weinen wie Blubbern!

Tatsächlich schwammen dem kleinen Steinbeißer viele Blasen entgegen.

Plötzlich glitt aus dem Dunkel ein fischiges, graues Ungeheuer heraus. Es hatte einen flachen Kopf und ein großes Maul voll scharfer Zähne.

Der kleine Kerl fürchtete sich trotzdem kein bisschen, denn scharfe Zähne besaß er auch.

Das Ungeheuer hielt ihn für einen gewöhnlichen Felsbrocken und schoss an ihm vorbei. Als das Wasser wieder klarer wurde, bemerkte der Steinbeißer einen Käfig aus spitzen Dornen. Dahinter bewegte sich etwas und von dort kam auch das Weinen.

„Ist da jemand?“, fragte er vorsichtig. Seine Frage quetschte sich in zitternden Bläschen zwischen den Dornen hindurch.

„Hilfe …“, drang es in großen Angstblasen aus dem Käfig. „Hilf mir heraus! Ich bin Aqua, die Nixe vom großen See. Der graue Hecht hält mich gefangen, er will mir meinen See wegnehmen.“

Der kleine Steinbeißer überlegte nicht lange. Er biss eine Öffnung in die Dornenwand, sodass Aqua hindurchschlüpfen konnte.

„Komm!“ Die Worte der Nixe verwandelten sich in zitternde Blasen. „Wir müssen schnell von hier weg. Der Hecht wird gleich wieder da sein.“

„Ich kann nicht schwimmen“, sagte der kleine Steinbeißer verlegen und daraus wurden genau vier klitzekleine Bläschen.

„Dann halte dich an meinen Haaren fest.“

Erleichtert griff das Kerlchen nach Aquas langen, grünen Strähnen. Wie der Blitz schoss sie nun in einen schmalen unterirdischen Zufluss hinein. Am Ende befand sich ein großes Muscheltor.

„Dahinter liegt mein See“, teilte die Nixe in bunt schillernden Blasen mit.

Sie presste die Hände gegen das Tor und es öffnete sich langsam … ganz langsam … viel zu langsam … denn plötzlich bewegte sich das Wasser hinter ihnen …

„Der Hecht!“ Aquas Sprechblasen zerplatzten lautlos. Geschwind glitt sie durch die entstandene Öffnung. Der kleine Steinbeißer auf ihrem Rücken wagte keinen Blick zurück.

„Ich schaffe es nicht, das Tor zu schließen“, klagte die Nixe. Ihre Worte wirbelten als riesige Angstblasen im Wasser umher.

Da nahm der kleine Steinbeißer allen Mut zusammen, angelte geschickt nach einem dicken Ast, der im Schlick steckte, und richtete sich kampfbereit auf Aquas Schultern auf.

Mit weit geöffnetem Maul schoss der graue Hecht auf das Muscheltor zu.

Das steinharte Kerlchen sprang mutig in seinen Rachen hinein. Noch ehe das Ungeheuer sein Maul schließen konnte, hatte es ihm den Ast wie einen Segelmast zwischen die Kiefer gerammt. Vergeblich versuchte der böse Räuber, sie zuzuklappen.

Wütend schlug er mit der Schwanzflosse das Wasser zu Schaum und wirbelte den Schlick auf.

Das kam dem kleinen Steinbeißer gerade recht!

Er ließ sich zwischen den Hechtzähnen hindurch ins trübe Wasser plumpsen. Ehe sich das Tor endgültig schloss, zwängte er sich durch den schmalen Spalt hindurch.

Wieder und wieder stieß der graue Hecht mit dem Maul gegen die glänzende Muschelpforte, doch sie hielt stand.

„Du bist ein richtiger Held!“ Aqua war begeistert. Ihre Sprechbläschen umtanzten den kleinen Steinbeißer und kitzelten seine Hörnchen.

„Bleib bei mir im See und beschütze mich.“

Doch der kleine Geselle schüttelte seinen runden Kopf.

„Ich mag Wasser nicht so sehr. Hier unten fehlt mir auch mein Freund, der Mond. Und was soll aus meinem glitzernden Steinbeißer-Palast werden? Bring mich bitte ans Ufer zurück.“

Aqua nickte ein wenig traurig, denn der kleine Kerl gefiel ihr sehr. Doch dann umschloss sie ihn mit einer riesigen Blase, die ihn wie ein Luftballon durch das Wasser zur Oberfläche des Sees trug.

Als der kleine Steinbeißer schwerfällig aus dem Wasser tappte, saß da am Ufer ein anderer steinerner Geselle, der traurig zum Mond hinaufblickte.

Da tat sein Herz einen Freudensprung. „He du“, rief er, „bist du auch allein? Ich habe einen glitzernden Steinbeißer-Palast im grauen Berg, der ist groß genug für uns beide. Willst du bei mir wohnen?“

Das wollte der andere kleine Steinbeißer natürlich sehr gern! Er hatte sich schon immer einen Freund gewünscht.

Die beiden fassten sich bei den Händen, dass es nur so knackte und tippelten tapfer voran.

Zufrieden strahlte der Mond auf sie herab.

Er zwinkerte dem Steinbeißerpalast-Besitzer vertraulich zu – diesmal mit dem rechten Auge – und zeigte ihm den richtigen Weg zu seinem kleinen Teich neben dem grauen Berg.

Seither sitzen die beiden Gesellen, wenn die Sonne gar zu heiß vom Himmel brennt, in ihrem Glitzer-Palast und knabbern bunte Diamantenbonbons.

Ihr wollt wissen, wie sie schmecken?

Ja, dann besucht die beiden doch! Sie geben euch sicher ein paar ab!

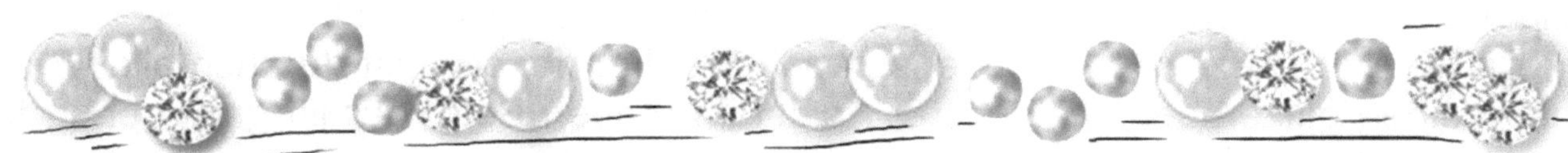

## Trippel und Krabbel

Das Rumpelmännchen Trippel wohnte in einer Puppenstube auf dem Dachboden. Es kochte Staubsuppe und brutzelte Fliegeneier, denn das essen Rumpelmännchen.

Eines Morgens entdeckte der Kleine in der Küche ein Spinnennetz. Ärgerlich zerfetzte er es mit dem Messer. Dann stellte er fest, dass sein Vorrat an Fliegeneiern verschwunden war. Wer hatte ihm die denn weggefuttert?

„Warum machst du mein Netz kaputt?“, jammerte plötzlich eine dünne Stimme hinter dem Schrank.

„Weil das meine Küche ist“, knurrte Trippel. „Komm sofort hinter dem Schrank hervor, wer du auch bist!“

„Leg erst das Messer weg“, bat die Stimme.

Trippel ließ das Messer fallen und wartete …

Da kroch hinter dem Schrank eine ziemlich dürre Spinne hervor. Sie starrte Trippel aus funkelnden Augen misstrauisch an. Trippel glotzte böse zurück. „Du bist hässlich“, stellte er fest. „Du hast zu viele Beine und bist behaart.“

„Sieh dich an!“, giftete die Spinne. „Oben zwei Beine, unten zwei Beine und am Körper kein einziges Haar! Igitt!“

„Das hier oben sind Arme!" fauchte Trippel. „Und mit den Beinen da unten laufe ich." Er stolperte ein paar Mal hin und her.

„Ich laufe auch!" Die Spinne kicherte. „Viel schneller als du; außerdem an der Wand hinauf und kopfunter an der Decke entlang. Kannst du das vielleicht?"

Trippel schwieg verdrossen. Natürlich konnte er nur auf dem Boden laufen und ein bisschen springen – ein ganz kleines bisschen!

Missvergnügt starrte er seine ungebetene Besucherin an, die sacht an ihrem Faden hin und her schaukelte.

„An einem Seil hängen ist verdächtig!", behauptete er. „Diebe machen das, wenn sie vom Dach durch ein Fenster einbrechen wollen. Du bist eine Diebin. Du hast mir mein Frühstück geklaut!"

Die Spinne zog verlegen die Beine unter sich. „Entschuldige!", sagte sie. „Ich hatte großen Hunger. Außerdem wusste ich nicht, dass in der Puppenstube jemand wohnt. Die Eier lagen hier so 'rum." Sie lenkte schnell von dem peinlichen Vorfall ab und fragte: „Warum soll ich nicht in der Luft hängen, wenn es mir Spaß macht?"

Darauf wusste Trippel keine Antwort. „Denk, was du willst", sagte er deshalb patzig. „Ich gehe jetzt auf Fliegeneier-Jagd."

Als er zurückkam, hing die Spinne über dem Küchentisch.

Trippel tat, als sähe er sie nicht, röstete die Eier und setzte sich zum Essen.

Nach dem zweiten Ei schielte er vorsichtig in die Höhe – die Augen der dürren Spinne funkelten hungrig. Trippel kaute langsam weiter, aber es schmeckte ihm nicht mehr.

„Schläfst du?“, fragte er.

„Nein! Ich sehe dir zu“, antwortete die Spinne und ließ sich ein Stück an ihrem Faden herunter.

Trippel schob zögernd ein Ei in die Tischmitte. „Das ist für dich“, murmelte er. Wie ein Stein fiel die Spinne auf den Tisch herab, umschlang das Ei mit allen Beinen und begann gierig zu saugen.

„Wie heißt du?“, fragte Trippel und schob ihr ein zweites Ei zu.

„Krabbel!“, nuschelte die Spinne mit mahlenden Kiefern.

„Ich heiße Trippel“, sagte Trippel. „Hab’ ich mir selber ausgedacht.“

„Geht mir auch so mit Krabbel“, gestand Krabbel, stieg ein wenig am Faden empor und baumelte satt und zufrieden nach links – nach rechts, nach links – nach rechts …

Trippel sah ihr zu. Sein Kopf bewegte sich von links – nach rechts, von links – nach rechts …

„Willst du auch mal baumeln?“ Krabbel kicherte. „Ich hab’ da eine Idee!“

Sie wartete Trippels Antwort nicht ab. Eifrig schwang sie sich kreuz und quer durch die Küche. Aus ihrem Hinterleib quoll unermüdlich ein Faden …

Allmählich entstand daraus ein Netz. „Das ist eine Spinnenschaukel – besonders fest“, erklärte Krabbel, als der letzte Faden verwebt war. „Steig auf den Tisch!“

Und obwohl es für ein Rumpelmännchen sicher ungehörig und verdächtig war, wie eine Spinne zu baumeln, tat Trippel, was Krabbel verlangte: Er kroch auf den Tisch und plumpste schwerfällig in die Schaukel hinein. Es knisterte bedrohlich!

Ehe Trippel es sich anders überlegen konnte, gab Krabbel der Schaukel einen Schubs und schon schwebte sie von Küchenwand zu Küchenwand.

In Trippels Bauch schossen die gerösteten Fliegeneier durcheinander, aber er fand das Baumeln … wunderbar.

Krabbel schwang sich neben ihm an langem Faden hin und her und passte auf, dass das Rumpelmännchen nicht aus der Schaukel fiel.

Trippel vergaß, die abendliche Staubsuppe zu kochen und stieg nur aus, weil die Fliegeneier bestrebt waren, seinen Magen durch den Mund zu verlassen.

Krabbel ließ die Schaukel an einem Faden auf den Tisch gleiten.

Das Rumpelmännchen schwankte umher, als habe es Mückenbier getrunken und sobald es ‚Staubsuppe’ dachte, wurde ihm übel wie von den Fliegeneiern.

„Das wird schon wieder“, tröstete die Spinne und rieb sich schadenfroh sämtliche Beine.

Sie aßen gemeinsam zu Abend – nun ja – Krabbel verdrückte die letzten Eier vom Mittagbrot und Trippel schaute zu.

Danach kroch die Spinne hinter den Puppenschrank und Trippel wankte mit immer noch weichen Knien ins Puppenbett.

Am nächsten Tag baumelten sie wiederum gemeinsam von einer Wand zur anderen. Und wenn die Schaukel nicht gerissen ist, dann baumelt Trippel noch immer, denn Rumpelmännchen werden uralt.

Ob Krabbel auch von der besonderen Art war, die uralt wird, weiß ich allerdings nicht zu sagen.

## Jordis und die Tanzfee

Es lebte einmal eine entzückende Ballerina, die tanzte im königlichen Hofballett. Und weil sie die Beste unter den Guten war, sollte sie am Geburtstag des Prinzen ganz allein als Märchenprinzessin vor den Gästen auftreten.

Unglücklicherweise fiel sie von den Spitzen, weil ihr eine Neiderin ein Bein stellte, und zerrte sich eine Sehne im Fuß. Der musste vom Leibarzt des Königs bandagiert werden. Obendrein verbot der Medikus der jungen Ballerina vorerst das Tanzen.

Die Hofdamen der Königin übernahmen es, die Unglückliche zu betreuen.

Tagsüber verbarg Jordis – so hieß die hübsche Tänzerin – tapfer ihre Traurigkeit, scherzte mit den Damen des Hofes und ließ sich in einem Stuhl auf Rädern im Park umherfahren. Abends jedoch, in ihrer Kammer, wenn es niemand bemerkte, weinte sie bittere Tränen. Es war doch ihr größter Wunsch, dem Prinzen im großen Festsaal etwas vorzuschweben!

Endlich, endlich entschied der Leibarzt, dass die Bandagen entfernt werden durften. Sofort versuchte Jordis, auf den Fußspitzen zu stehen. Aber, oh Schreck! Ihre Füße schienen das Tanzen verlernt zu haben!

Die Hofdamen trösteten die völlig Verzweifelte und die Königin schenkte Jordis sogar einen goldenen Ring mit einem weißen, flimmernden Mondstein.

„Er wird dir Glück bringen“, versicherte sie.

Die Ballerina bedankte sich höflich. Doch kein Ring würde ihr das Glück der Leichtfüßigkeit zurückbringen. Glaubte sie jedenfalls ...

Traurig betrachtete sie vor dem Einschlafen das Kleinod und strich mit dem Finger über den glitzernden Mondstein.

In der Nacht erwachte Jordis durch eine sanfte Berührung. Schlaftrunken setzte sie sich auf und erblickte neben ihrem Lager eine schöne junge Frau in weißem Ballettrock, die graziös auf Zehenspitzen balancierte.

„Wer bist du?“, fragte sie verwundert.

„Ich bin die Tanzfee“, antwortete die Unbekannte und drehte sich in einer anmutigen Pirouette.

„Wie bist du in meine Kammer gelangt?“

„Der Mondstein rief mich und der Wind blies mich durchs Schlüsselloch.“ Die Fee lachte fröhlich. „Und nun steh auf, ich will mit dir tanzen.“

„Das kann ich nicht mehr“, schluchzte die Ballerina. „Ich bin gestürzt und verletzte mir eine Sehne. Nun haben meine Füße das Tanzen verlernt.“

Tränen liefen ihr übers Gesicht.

Die Miene der Tanzfee wurde streng. „Zum Weinen ist immer noch Zeit“, erklärte sie kurz angebunden und warf dem Mädchen die Ballettschuhe zu. „Komm jetzt! Die Zeit drängt.“

Gehorsam erhob sich Jordis aus den Kissen. „Was schadet es, ein bisschen herumzuhüpfen?“, dachte sie. „Ich träume ohnehin nur.“

Sie schlüpfte in die Ballettschuhe und streifte den rosa Ballettrock über, der stets griffbereit neben ihrem Lager hing.

Plötzlich erklang jene Musik, zu der sie während der Proben wieder und wieder als Märchenprinzessin durch den Übungsraum des Ballettmeisters geschwebt war. Die Fee nahm das Mädchen bei der Hand und führte es in die Mitte der Kammer, die scheinbar größer geworden war.

„Nun denk nicht fortwährend an deinen Fuß!“, mahnte sie. „Ich werde Schritt für Schritt mit dir gemeinsam tanzen.“

„Was für ein schöner Traum“, dachte Jordis, wagte die ersten Tanzschritte und drehte – wie die Fee neben ihr – gehorsam die erste Pirouette. Sie hob graziös die Arme, trippelte, bog sich, drehte sich erneut … genau wie die lichte Erscheinung an ihrer Seite. Anfangs fühlte sich die junge Ballerina leicht wie eine Feder, dann aber geriet ihr der unglückliche Sturz in den Sinn …

Sofort fühlte sie einen stechenden Schmerz im Fuß, verlor die Balance und fiel zu Boden. Augenblicklich verstummte die Musik.

„Ich warnte dich doch!“, schalt die Lehrmeisterin sanft. „Aber fürs Erste ist es ohnehin genug.“ Sie half Jordis, sich bequem in den Kissen zu lagern, deckte die Erschöpfte fürsorglich zu, drehte eine Pirouette und war verschwunden.

Die junge Ballerina fand nicht einmal mehr die Kraft, über den sonderbaren Besuch nachzudenken. Am Morgen erinnerte sie sich nicht an das nächtliche Geschehen, aber sie vermochte – nach langer Zeit – zum ersten Mal wieder fröhlich zu sein.

Die Tanzfee erschien auch in der folgenden Nacht. Und erneut tanzte das Mädchen fehlerfrei, bis es an den verletzten Fuß dachte. Wieder fiel es auf den harten Boden. Auch diesmal half die Fee ihm auf und schüttelte besorgt den Kopf. „Du darfst nicht auf deinen Fuß achten! Er will nur erreichen, dass du dich selbst bemitleidest.“

Jordis versuchte, den Rat der Fee zu beherzigen. Statt möglicher Stürze sah sie sich als Märchenprinzessin über das glänzende Parkett des Festsaales schweben. Es schien wirklich zu helfen!

Obgleich sie auch diesmal keine Erinnerung an die Vorgänge der Nacht in den Tag mit hinübernahm, schlich Jordis bei guter Gelegenheit in den Festsaal, stellte sich vor, wie es sein werde, wenn die Kronleuchter ihr goldenes Licht über die Festgesellschaft ausgossen … und fühlte keine Traurigkeit!

In der nächsten Nacht tanzte sie ohne Schwierigkeit über die schwierigsten Stellen fehlerlos hinweg und mit jeder weiteren Nacht vergaß sie mehr und mehr, dass sie jemals gestürzt war.

Inzwischen übte ihre Neiderin fleißig den Tanz der Märchenprinzessin ein, denn sie war überzeugt, dass Jordis nie wieder auf die Spitzen käme.

„Du machst es nicht schlecht", seufzte der Ballettmeister, „aber Jordis tanzt besser."

„Kann sein", dachte die Neiderin. „Aber das weiß der Prinz nicht. Er wird also mit mir den Ball eröffnen und vielleicht …"

Was hinter dem 'vielleicht' steckte, war ehrgeizig und sehr unwahrscheinlich!

Der Geburtstag des Prinzen nahte. Die ersten Gäste reisten an und alle im Schloss freuten sich auf den großen Ball – natürlich auch die Tänzerinnen des königlichen Hofballetts.

„Ich bin froh, Majestät, dass die kleine Ballerina trotz aller Enttäuschung wieder fröhlich ist", sagte eine Hofdame zur Königin, als sie über den Auftritt des Balletts sprachen.

„Oh, ich habe nichts anderes erwartet", gab die Königin zur Antwort und lächelte, als sei da etwas, das die Hofdame nicht wusste.

Zwei Nächte vor dem großen Ereignis, das alle bewegte, verkündete die Fee: „Nun besuche ich dich zum letzten Mal, liebes Kind. Heute wirst du allein tanzen. Ich schaue dir nur zu."

Da stellte sich die junge Ballerina ohne Furcht auf die Zehenspitzen, hob die Arme, tanzte … tanzte … und vergaß alles um sich her.

Unbemerkt zog sich die Tanzfee zurück.

Am darauffolgenden Morgen wurde Jordis zur Königin gerufen.

„Zehn Nächte hast du fleißig geübt. Nun ist es Zeit, an die bevorstehende Aufführung zu denken", erklärte die edle Frau.

„Ich tanze nachts, Majestät?", fragte das Mädchen ungläubig.

„Aber ja!" Die Königin lächelte. „Besser als jemals zuvor. Ich habe dir durch den Türspalt zugesehen und gestern dem Ballettmeister darüber berichtet. Er wird heute mit dir proben. Sagte ich nicht, der Ring wird dir Glück bringen?"

Und so geschah, was keiner für möglich gehalten hätte: Im golden schimmernden Licht der Kronleuchter glitt als Höhepunkt der Darbietungen zum Geburtstagsfest des Prinzen eine Märchenprinzessin im rosa Ballettröckchen über das Parkett, trippelte graziös auf den Spitzen und drehte sich in zierlichen Pirouetten zu einer zauberhaften Musik …

Noch niemals war Jordis das Tanzen so wunderbar leicht vorgekommen.

König und Königin, der Hofstaat, die zahlreich erschienen Gäste klatschten begeistert Beifall und vor allen anderen der Prinz, aber nicht nur er …

Neben der Königin stand eine schöne junge Frau in weißem Ballettrock und winkte der überglücklichen jungen Ballerina lächelnd zu. Die erinnerte sich auf einmal an jede Einzelheit des nächtlichen Unterrichts und rief aufgeregt: „Tausend Dank, liebe Tanzfee!“

Wegen des brausenden Beifalls der anderen verstand jedoch niemand ein Wort, außer vielleicht der Königin, denn die schaute als einzige dorthin, wo die Tanzfee stand.

Der Prinz eröffnete nun den Ball mit der jungen, bezaubernden Tänzerin.

Und – so erzählten die damals geladenen Gäste später – eigentlich habe man sich schon damals denken können, was weiter passieren werde.

Ja, was geschah denn?

Nun, der Prinz nahm die junge Ballerina zur Frau.

Ihr meint das sei nicht möglich? Prinzen heiraten immer nur Prinzessinnen?

Aber genau das war der Fall!

Der Prinz vermählte sich mit einer Märchenprinzessin, einer tanzenden selbstverständlich. Und so oft er es wünschte, tanzte sie für ihn ganz allein – für ihren Märchenprinzen.

## Das Tränenwunder

Inmitten eines großen Waldes lag ein tiefer See.

Unsichtbar für Menschen schwebte über ihm das luftige Schloss der Feen. Im Winter schliefen die zarten Wesen in bunten, duftenden Blütenschaukeln. Sobald es jedoch an der Zeit war, den Frühling zu wecken, küsste die Sonne sie wach.

Jahraus, jahrein geschah es so, doch dann herrschte ein besonders kalter Winter. Der See ächzte unter einer dicken Eisdecke, denn eine dichte, graue Wolkendecke hinderte die Sonnenstrahlen daran, die Feen wachzuküssen.

So gab es keinen, der den Frühling hätte wecken können!

Im Schloss wurde es eiskalt, die Blütenschaukeln verloren Farbe und Duft und die Feen litten unter Alpträumen. Das war schlimm.

Doch noch schlimmer erging es den langhaarigen, grünhäutigen Wassernixen. Kein Lichtstrahl durchdrang die dicke Eisdecke des Sees. Die Nixen erstarrten in den Muschelbetten, ihre grüne Haut wurde grau und schließlich lösten sie sich in Schaum auf.

Endlich, endlich gelang es einem Sonnenstrahl, die Wolken zu durchbrechen.

Er drang ins Schloss ein und kitzelte beharrlich die Nase der jüngsten Fee, bis sie niesen musste und aufwachte. Entsetzt nahm sie die Eisfläche des Sees wahr und rüttelte ihre Schwestern wach.

„Wir haben zu lange geschlafen“, klagte sie. „Der See ist völlig vereist und der Frühling vielleicht schon erfroren!“

Verschlafen zupften sich die Feen die verdorrten Blätter aus dem Haar, schüttelten den muffigen Blütenstaub aus den zerdrückten Gewändern und rieben sich fröstelnd die zarten Hände.

„Noch ist nichts verloren“, tröstete die Feenkönigin. „Wir müssen nur schnell handeln, sonst sterben die Triebe der Blumen ab.“

Sie schwenkte anmutig den Zauberstab und sofort wurde es warm im Schloss: Die grauen Blütenschaukeln nahmen wieder Farbe an und herrlicher Blumenduft breitete sich aus. Vom Schloss aber fiel Nebel wie ein Schleier auf die Schneedecke herunter und es begann zu tauen.

Die Feen schwebten in die Kälte hinaus und die langen Schleppen ihrer silberfarbenen Kleider fegten auch den hartnäckigsten Schnee beiseite.

Mit den Zauberstäben berührten sie Baum um Baum. Erleichtert warfen die Tannen die weiße Last ab.

Für das Auftauen des Sees reichte die Kraft der Stäbe jedoch nicht aus.

„Das kann nur die Sonne“, seufzte die Feenkönigin.

„Wer soll aber die dichte Wolkendecke beiseite schieben?“, fragte die jüngste Fee.

„Der Frühling natürlich!“, riefen die anderen wie aus einem Mund. Sie knieten auf dem schneefreien Erdreich nieder und klopften mit den Stäben beharrlich auf den Boden.

Nach einer Weile öffnete sich ein breiter Spalt und der Frühling stieg verschlafen aus der Tiefe herauf.

Betroffen blickte er sich um. „Ach, sieht das traurig aus“, murmelte er und schickte sogleich einen warmen Hauch in die Runde. Da durchbrachen zahllose Schneeglöckchen und Krokusse den harten Boden.

Mit einer einzigen Handbewegung fegte der Frühling auch die dichten Wolken beiseite und die warmen Strahlen der Sonne machten sich daran, den See aufzutauen.

Darüber vergingen einige Tage.

Schließlich schwamm nur noch eine große Eisscholle auf dem Wasser. Ungeduldig warteten die Feen am Ufer auf das Erscheinen ihrer Freundinnen, der langhaarigen, grünhäutigen Nixen. Doch aus der Tiefe stieg nur grauer Schaum auf!

„Sie haben sich aufgelöst!“, klagten die Feen. Vergeblich berührten sie die unansehnlichen Flocken mit den Zauberstäben – es blieb Schaum!

„So hilf uns doch mit deiner Kraft!", flehten sie den Frühling an.

Der aber erklärte mit ernstem Gesicht, es gäbe leider nur einen Weg, die Auflösung der Nixen rückgängig zu machen: Eine von den Feen müsse sich opfern und in den See hinabsteigen.

Erschrocken wichen die Feen zurück. Wer im See untertauchte, musste sterben. Sie wagten einander nicht anzusehen. Wer war stark genug, ein solches Opfer zu bringen?

Schließlich legte die jüngste Fee den Zauberstab beiseite. „Ich werde unsere Freundinnen retten!“, rief sie entschlossen und schwebte hinaus auf die Mitte des Sees. Noch einmal winkte sie ihren Schwestern und der Königin zu, dann ließ sich langsam ins Wasser gleiten.

Im großen, dichten Wald trat beklemmende Stille ein.

Bis zuletzt hatten die Feen gehofft, der Frühling werde ihre Schwester zurückrufen, aber er stand mit gerunzelter Stirn und über der Brust gekreuzten Armen am Ufer und schwieg.

Als das Wasser über der jüngsten Fee zusammenfloss, zog es den grauen Schaum mit hinunter in die Tiefe.

Weinend harrten die Feen Stunde um Stunde am Ufer aus. Ihre Tränen fielen auf die Krokusse und Schneeglöckchen. Dort verwandelten sie sich in silberne Perlen, die der Frühling unbemerkt aufsammelte.

Um Mitternacht bewegte sich plötzlich das Wasser. Sanftes Licht stieg aus der Tiefe des Sees auf und Hand in Hand tauchten die langhaarigen, grünhäutigen Nixen auf.

Doch statt freudiger Begrüßung erwartete sie große Trauer. Schluchzend berichteten die Feen, was sich ereignet hatte.

Und so erfuhren die grünhäutigen Nixen, dass nur die Opferbereitschaft der jüngsten Fee ihnen das Leben gerettet hatte. Laut hallte nun auch ihre Klage über den See und ihre Tränen brachten ihn fast zum Überlaufen.

Die Wasseroberfläche bedeckte sich mit weißen Perlen, die von den Wellen ans Ufer gespült wurden.

Während die Nixen und Feen gemeinsam weinten und klagten, hockte der Frühling zwischen den Schneeglöckchen und knüpfte mit flinken Fingern aus den silbernen und weißen Perlen lange Schnüre. Die hängte er in die Zweige der Tannen und rief nach dem Wind, der die leuchtenden Ketten sogleich sanft bewegte. Da begannen sie zu klingen und die Melodie war so zauberhaft, dass die Trauernden zu weinen vergaßen.

„Seht doch“, rief die Feenkönigin plötzlich. „Was geschieht dort draußen?“

In der Mitte des Sees entstanden um die letzte verbliebene Eisscholle leuchtende Kreise. Sogleich tauchten die Nixen in die Tiefe hinab, um nach der Ursache des Leuchtens zu suchen.

Schon bald kehrten sie an die Oberfläche zurück. Zwei trugen auf ausgestreckten Armen die leblose jüngste Fee. Die betteten sie auf die einsame Eisscholle und glitten mit ihr zum Ufer.

„Nun können wir unsere Gefährtin wenigstens in einer Blütenschaukel dem Wind übergeben. Er wird sie ins Land der ewigen Träume wehen“, sagte die Feenkönigin leise.

Als die Eisscholle das Ufer berührte, verstummte die zauberhafte Melodie. Der Frühling nahm lächelnd die Schnüre von den Tannen und ließ die Perlen wie schimmernden Regen auf die jüngste Fee fallen: Da schlug sie die Augen auf. „Was ist mit mir geschehen?“, fragte sie verwirrt und erhob sich leichtfüßig.

„Soeben bin ich doch in den See hinabgestiegen!“

Sie berichtete, dass ihr eine eisige Hand die Kehle zugeschnürt und sie die Besinnung verloren habe. „Dann vernahm ich eine wundersame Melodie. Obwohl ich die Augen nicht zu öffnen vermochte, fühlte ich, dass Licht mich wie eine Schutzhülle umgab.“

„Du warst tot, liebe Freundin“, riefen die Nixen. „Erst das Licht hat dich ins Leben zurückgebracht.“

„Aber nein“, widersprachen die Feen. „Der Frühling gab ihr das Leben zurück.“

Doch der Frühling schüttelte den Kopf. „Ihr ganz allein habt die jüngste Fee durch eure Tränen gerettet. Jeder Tropfen war ein wenig von euch selbst. Ich habe sie nur gesammelt und sie reichten genau für ein neues Leben aus.“

Froh kehrten die Feen in ihr luftiges Schloss hoch über dem See zurück und ließen es in hellem Glanz erstrahlen. Der Mond goss eine breite Treppe aus Licht vom Festsaal herunter direkt in den See hinein.

Auf dieser Mondscheinbahn glitten die Nixen trotz ihres Fischschwanzes hinauf und ließen sich von den Feen das Schweben beibringen.

Die Zauberstäbe verwandelten sich aus eigener Kraft in ein lustiges Mondscheinorchester und alle feierten ein Freudenfest.

Der Frühling bekam den Ehrenplatz auf einem Thron aus Schneeglöckchen und Krokussen.

Die jüngste Fee aber wurde für ihre Opferbereitschaft besonders belohnt: Weil sie ihr neues Leben nicht nur durch die Tränen der Feen, sondern auch der Nixen bekommen hatte, besaß sie von da an die Fähigkeit, sich auch im Wasser frei zu bewegen.

Falls ihr also einmal einer Fee begegnet, die in einem Waldsee badet, dann wisst ihr, was ihr davon zu halten habt!

## Die weise Lilya

Es war einmal ein König, der lag im Krieg mit dem bösen Herrscher des Nachbarlandes und konnte ihn nicht besiegen. Da schickte er seinen Minister hilfesuchend zu einer weisen Hexe.

„Bestelle deinem Herrn, wer meinen Rat braucht, muss selbst kommen“, sagte die Hexe, noch ehe der Minister den Mund aufgetan hatte.

Wohl oder übel machte sich der König nun selbst auf den Weg.

Die graue, verhutzelte Alte erwartete ihn vor einem hohlen Baum.

„Tritt ein!“, forderte sie ihn auf.

Misstrauisch setzte der König einen Fuß in die Öffnung und stand unversehens in einer von blauem Licht erfüllten Halle. Unzählige Irrlichter glühten entlang der Wände und ein Teppich aus Moos bedeckte den Boden. Es duftete nach Lilien.

„Was hast du erwartet zu sehen?“, fragte die Hexe spöttisch, als sie die Verwunderung des Königs bemerkte. „Fledermäuse an der Decke und einen Kessel mit Kröten über dem Feuer?“

Verlegen senkte der König den Blick und nahm auf einer Moosbank Platz. Von seinem Anliegen wagte er erst zu reden, als die Alte ihn dazu ermunterte. Nachdem er geendet hatte, nickte die Hexe nachdenklich.

„Dein Widersacher steht mit einem Dämon im Bund. Waffen richten da nichts gegen ihn aus“, erklärte sie schließlich, bückte sich und berührte den Boden. Als sie sich aufrichtete, stand vor dem König eine schlanke Frau in weißem Gewand, die grünen Haare aufgesteckt, im faltenlosen Gesicht ein Lächeln.

„So erscheint Lilya denen, die sie rufen“, sagte sie, ließ sich neben ihm nieder und zeichnete eine waagerechte Linie in die Luft …

Aus dem Boden schossen Lilien empor, deren Blüten sich zu einer leuchtenden Fläche vereinigten.

„Hast du Kinder?“, forschte Lilya. „Nur Kinder werden das Reich retten!“

„Einen Sohn und eine Tochter“, antwortete der König zögernd.

Lilya strich über die Blütenfläche. Wie in einem Spiegel erschien die Prinzessin: Sie warf gerade eine Haarbürste nach der Kammerfrau.

Das Bild verging und ein neues entstand unter Lilyas Händen: Der Prinz zielte mit Pfeil und Bogen auf den Pferdeknecht.

Bekümmert schüttelte die Hexe den Kopf. „Die beiden sind hochmütig und untauglich für jede schwierige Aufgabe.“

Ein wenig schämte sich der König, doch zugleich war er froh, dass er seine Kinder keiner Gefahr aussetzen musste.

Lilya strich ein drittes Mal über die Blütenfläche. Diesmal erblickte der König die Schlossküche: Ein Junge und ein Mädchen halfen der Köchin Wasser und Holz tragen.

„Das sind die Richtigen“, entschied Lilya. „Sorge dafür, dass die beiden heute eine Stunde vor Mitternacht am Schlosstor auf mich warten. Du selbst greifst mit deinen Soldaten das feindliche Heer an, sobald du eine Flamme auflodern siehst.“

Der Lilientisch löste sich in duftenden Nebel auf – vor dem König stand wieder die graue, verhutzelte Alte.

„Was bin ich dir schuldig?“, fragte er und griff nach dem Geldbeutel.

Ärgerlich wehrte die Hexe ab. „Es gibt Dinge, die nicht für Geld zu haben sind. Schick die beiden Kinder, sobald sie ihre Aufgabe erfüllt haben, nach Hause zurück. Sie arbeiten den Pachtzins ab, den ihr Vater deinem Steuereintreiber schuldet. Von dir selbst verlange ich nur Wahrhaftigkeit.“

Die Morgendämmerung stand am Himmel, als der König im Schloss eintraf. Er stieg vom Pferd und eilte in die Schlossküche. In einem Verschlag hinter dem großen Herd schliefen ein Junge und ein Mädchen. Er befahl der Köchin, die beiden zu wecken und sie in den Thronsaal zu bringen.

Wenig später standen sie vor ihm.

„Wie ihr wisst, ist Krieg“, sagte der König. „Eine weise alte Frau hat bestimmt, dass ihr helfen sollt, ihn zu beenden.“

„Aber wie soll das gehen?“, fragte der Junge bestürzt.

Der König hob die Schultern.

„Das wird euch die Alte selbst sagen. Sie erwartet euch eine Stunde vor Mitternacht am Schlosstor. Als Lohn für eure Hilfe erlasse ich eurem Vater die Schulden."

Hastig flüsterte der Junge seiner Schwester etwas ins Ohr. Sie nickte zögernd und er sagte darauf, sie seien mit allem einverstanden.

Zur angegebenen Zeit traten die Kinder vor das Schlosstor. Beiden klopfte das Herz bis zum Hals, als plötzlich eine Gestalt vor ihnen stand. Lilienduft breitete sich aus, während eine freundliche Stimme beruhigende Worte sprach.

„Ich weiß, wer sie ist", flüsterte das Mädchen dem Bruder zu. „Sie heißt Lilya und ist die Königin der Lilien und Irrlichter. Weißt du noch, Mutter hat uns von ihr erzählt."

Lilya schlug die Kapuze ihres langen Mantels zurück. Die Kinder erblickten eine schöne Frau, in deren grünem Haar winzige blaue Lichter glitzerten.

„Wir vertrauen dir und werden tun, was du sagst", versicherte der Junge.

Da ließ die Königin der Lilien und Irrlichter die Kapuze wieder übers Gesicht gleiten, legte jedem Kind ein Kettchen mit einem Kristall in Form einer Lilienblüte um den Hals und nahm die beiden unter ihren Mantel.

„Schließt die Augen", forderte sie und den Geschwistern schien es, als schwände der Boden unter ihren Füßen.

Als Lilya den Mantel zurückschlug, erhoben sich vor ihnen die Mauern einer Burg. Auf der Zinne standen Wächter, die von einem roten Schein umgeben waren.

„Das ist die Burg des feindlichen Königs“, erklärte Lilya. „Er hat seine Seele einem Dämon verschrieben und sich dafür Stärke und Macht erkauft. In der Burghalle brennt auf einer Säule eine schwarze Flamme – die Flamme der Macht. Sie wird, wie die gesamte Burg, von der Schwarzen Rotte bewacht – erbarmungslosen, dämonischen Kriegern. Erst wenn die Flamme erlischt, endet auch die Macht des feindlichen Königs und der Dämon holt sich dessen Seele. Eure Aufgabe ist es nun, die Flamme zu löschen.“

„Du bist eine mächtige Herrscherin, warum kannst du es nicht tun?“, fragte der Junge erstaunt.

„Das ist es ja gerade“, erwiderte Lilya. „Ich bin eine Königin. Diese Flamme kann nur löschen, wer ohne Macht und ohne eigene Kraft ist – und das seid ihr! Ihr herrscht über nichts und niemanden, selbst die Kraft für diese schwierige Aufgabe wird euch von mir geliehen.“

Das Mädchen zeigte besorgt zu den unheimlichen Wächtern hinauf.

„Sie werden uns bemerken, sobald wir uns der Burg nähern.“

Lilya schüttelte den Kopf. „Die Kristalle werden das verhindern. Sie werden euch auch durch Wände und Türen hindurchführen.“

„Dann gehen wir jetzt“, sagte der Junge entschlossen.

Lilya hielt ihn zurück. „Du weißt noch nicht alles. Die Säule in der Halle ist hoch – du musst deine Schwester auf die Schultern nehmen.“

Dann wandte sie sich an das Mädchen: „Und du kannst die Flamme nicht einfach ausblasen, du musst sie zwischen deinen Handflächen ersticken. Sie wird mit lautem Zischen erlöschen. Das wird die Schwarze Rotte auf eure Anwesenheit aufmerksam machen und die Wächter werden versuchen, euch zu töten. Lasst euch durch nichts schrecken: Solange ihr schweigt, seid ihr unsichtbar. Vertraut auf die Macht der Kristalle."

Lilya berührte die glitzernden Lilien und trat ins Dunkel zurück …

Die Wächter auf der Zinne rührten sich nicht, während die Kinder auf die Burgmauer zuliefen. Willig überließen sie sich der drängenden Kristallkraft, die sie durch die dicken Quader der Burgmauer hindurchzog.

Dann sahen sie vor sich ein Feuer, an dem rot leuchtende Krieger Wache hielten. Obwohl die beiden in den Lichtschein des Feuers gerieten, verharrten die dämonischen Wesen regungslos.

Die Kristalle führten die Geschwister zu einem hohen Portal, vor dem zwei Wächter mit gekreuzten Lanzen den Zugang versperrten. Doch unter den Lanzen und durch das geschlossene Portal hindurch wurden die Kinder in eine düstere Halle hineingezogen. Auch hier ging rotes Licht von den Kriegern aus, die in großem Kreis die Säule bewacht hielten, auf der die schwarze Flamme loderte.

Die Luft war eisig.

Mit Herzklopfen schlichen die Geschwister zwischen den dämonischen Wesen hindurch zur Säule.

Dort zog das Mädchen die Schuhe aus und steckte sie dem Bruder in die Jackentaschen. Dann stieg es über dessen verschränkte Hände aufwärts. Als es sich jedoch auf seinen Schultern aufrichtete, ragte es nur wenig über den Rand der Säule hinaus – die Flamme schien unerreichbar. Entschlossen setzte die Kleine den Fuß auf den Kopf des Bruders.

Unbeschreibliche Kälte ging von der schwarzen Flamme aus. Der Rauch formte Fratzen, die dem Mädchen Angst einflößten. Krampfhaft das Gleichgewicht haltend, streckte es die Arme aus und zuckte erschreckt zurück – ein von Schlangen umzüngelter Kopf schoss aus der Schwärze hervor. Der Kristall auf der Brust des Mädchens schickte dem Dämon jedoch einen winzigen blauen Blitz entgegen. Widerstrebend fiel das furchterregende Haupt in sich zusammen.

Zitternd griff die Kleine erneut nach der Flamme, diesmal mit abgewandtem Gesicht. Tapfer presste sie die in der Kälte gefühllos werdenden Handflächen gegeneinander und blinzelte dann zwischen den Lidern hindurch – die Flamme verging, doch plötzlich erfüllte ohrenbetäubendes Zischen die Halle.

Das Mädchen erschrak und glitt vom Kopf des Bruders ab, es fiel ... aber kein Laut kam über seine Lippen. Der Junge fing die Schwester auf und beide stürzten zu Boden.

Entsetzt sahen sie die dämonischen Wächter mit eingelegten Lanzen zur Säule vorrücken: Für alle sichtbar lag dort – ein Schuh! Er war dem Jungen beim Sturz aus der Jackentasche gerutscht und dadurch aus dem Schutz des Lilienkristalls geraten.

Flucht war unmöglich! Unaufhaltsam rückten die unheimlichen Glutgestalten näher. Doch ehe ihre Lanzenspitzen die Geschwister berührten, fühlten sie sich emporgehoben: Über die Köpfe der dämonischen Unholde hinweg schwebten sie durch das Portal, hinaus in den Burghof und über die Mauer – direkt unter den Mantel der weisen Lilya.

Hinter ihnen barsten die Mauern der Burg …

Zur selben Zeit, als in der Burg die schwarze Flamme erlosch, leuchtete über dem feindlichen Heerlager ein greller Blitz auf, begleitet von Donnergrollen.

Eine Feuersäule stieg zum Himmel empor.

„Angreifen!“, befahl der König, wie ihm die Hexe geraten hatte.

Sein Heer überrannte den Feind mühelos. Vergeblich suchten die Soldaten jedoch nach dem feindlichen König. Sie fanden nur sein niedergebranntes Zelt. Über der Brandstätte lagerte beklemmende Kälte.

Lilya brachte die Kinder unter ihrem Mantel zurück zum Schlosstor.

„Ihr habt eure Sache gut gemacht“, lobte sie und strich wiederum über die Kristalle.

„Ich nehme nun die geliehene Kraft von euch, die Halsketten dürft ihr behalten. Die Kristalle werden euch weiterhin beschützen, sobald ihr in Gefahr seid. Das ist mein Dank für euer Vertrauen und eure Tapferkeit."

Sie wurde eins mit der Nacht; in der Luft blieb nur ein schwacher Lilienduft zurück.

Das königliche Heer kehrte heim, beladen mit Kriegsbeute. Allen voran ritt stolz der König. Die Untertanen jubelten ihm zu und feierten ihn als Retter aus der Not. Er gefiel sich in dieser Rolle. Schließlich war ja ihm die Idee gekommen, die weise Alte aufzusuchen. Ohne seinen Bittgang wäre das Königreich verloren gewesen. Also: Ruhm und Ehre dem König!

Er ließ für alle Untertanen ein Fest ausrichten. Jeder bekam reichlich zu essen und zu trinken – und jeder leerte seinen Becher auf das Wohl des unübertroffenen Siegers.

In der Nacht nach dem Fest fuhr der König aus tiefem Schlaf auf. An seinem Bett stand die graue, verhutzelte Alte.

„Was willst du hier mitten in der Nacht?", fragte er verschlafen.

„Du hast unsere Abmachung gebrochen", sagte die Alte traurig.

„Hab' ich nicht!", verteidigte sich der König. „Ich hab' die Kinder heimgeschickt und dem Vater die Schuld erlassen."

„Du hast gegen die Wahrhaftigkeit verstoßen“, zürnte die Hexe. „Wer hat denn in Wahrheit das Reich gerettet?“

„Ich“, antwortete der König trotzig. „Ich allein kam auf die Idee, dich um Hilfe zu bitten.“

Da legte die Alte dem König unvermutet die dürre Hand auf den Mund.

Augenblicklich wurde seine Zunge schwer wie Blei.

„Schweig, bis du dich zur Wahrheit bekennst!“, murmelte Lilya beschwörend und löste sich in einen Schwarm winziger blauer Irrlichter auf.

Von da an war der König stumm. Und weil er zu feige war, die Wahrheit niederzuschreiben, blieb er es auch bis an sein Lebensende.

Aber wie kam die Wahrheit dann ans Licht?

Nun, das ist eine gute Frage ...

## Der Spiegel

Es war einmal ein König, der Frieden und Ordnung liebte. Deshalb ließ er den Magier Miles aus dem Reich vertreiben, weil dieser die Leute zu Mord und Totschlag anstiftete. Der Magier aber veränderte sein Aussehen und bot dem ahnungslosen König nun seine Dienste als Gärtner an.

Der neue Gärtner verstand sein Handwerk. Auf den Rabatten im Park grünte und blühte es wie nie zuvor.

Die Tochter des Königs liebte Blumen sehr. Eines Tages fiel ihr eine in vielen Farben leuchtende Rose auf. Sie beugte sich über die Blüte und atmete deren herrlichen Duft ein. Davon wurde ihr so leicht zumute, als begänne sie zu fliegen. Entsetzt bemerkte die Hofdame, dass die Prinzessin ohnmächtig zu Boden sank und die Rose im gleichen Augenblick verdorrte ...

Sie schrie das gesamte Schlossgesinde zusammen.

Diener trugen die Prinzessin in den Palast zurück und legten sie in ihrem Gemach aufs Bett. Ihre offenen Augen waren ohne Leben ...

„Es muss etwas mit der Rose zu tun haben“, sagte die Hofdame zum König. Sie erzählte von der seltsamen Blüte und dass die Torwache den Gärtner am Morgen habe davonreiten sehen.

Zu spät begriff der König, wer sich da ins Schloss eingeschlichen hatte.

Der Hofarzt untersuchte die Prinzessin und erklärte traurig, dass er nichts tun könne. Dies sei keine gewöhnliche Krankheit, hier seien magische Kräfte am Werk.

Tag um Tag saß der König am Bett der Prinzessin und kümmerte sich kaum noch um die Amtsgeschäfte.

Im einst friedlichen und ordentlichen Reich machten sich Gewalt und Totschlag breit – dafür sorgte im Geheimen der Magier Miles!

Das Schlossgesinde trauerte, als sei die Prinzessin gestorben. Nur die Hofdame gab die Hoffnung auf die Rettung ihrer Herrin nicht auf.

Eines Nachts ließen sich zwei Eulen am offenen Fenster nieder.

„Bronn sollten sie bitten“, seufzte die eine. „So ist es“, seufzte die zweite. „Am Wasserfall um die sechste Morgenstunde.“

Die Hofdame hielt den Atem an, um nichts von diesem Gespräch zu verpassen, aber die Eulen verschwanden mit lautlosem Flügelschlag in der Nacht, ohne ein weiteres Wort geäußert zu haben.

Am Morgen berichtete die Hofdame dem König von dem seltsamen Ereignis.

„Bronn“, sagte der König nachdenklich. „Ich glaube, so nennt das Volk den Wasserkobold! Wie sollte der helfen können?“

„Ich habe auch noch nie von sprechenden Eulen gehört“, versicherte die Hofdame.

„Etwas so Außergewöhnliches geschieht nicht ohne Grund. Ich werde tun, was die Vögel geraten haben."

Am nächsten Morgen ritt sie vor Sonnenaufgang in den Wald. Bald schon hörte sie Wasser rauschen.

Der Wasserfall stürzte von großer Höhe in einen See, über dem sich Sprühnebel ausbreitete. Als der Strahl der aufgehenden Sonne die winzigen Wassertropfen wie Diamanten aufleuchten ließ, vernahm die Hofdame eine grelle Stimme, die das Wasserrauschen übertönte:

„Tosendes, rieselndes, sprühendes, nieselndes
Wasser für Bronn, trägt ihn davon!"

Aus dem Wasserfall schoss ein mit blauen Haaren bewachsenes Wesen hervor und in hohem Bogen in den See hinein. Es tanzte auf dem Wasser, sprang wie ein Ball in die Höhe und schrie dabei unentwegt sein Sprüchlein. Gerade wollte die Hofdame den Kobold beim Namen rufen, da sprang er ihr genau vor die Füße.

„Ich weiß schon, was du willst!", brüllte er so laut, dass sie versucht war, sich die Ohren zuzuhalten. „Die Eulen haben's mir geseufzt!"

„Du kannst die Prinzessin heilen?", fragte die Hofdame hoffnungsvoll.

„Kann ich nicht!", schrie Bronn. „Aber ich weiß eine, die weiß vielleicht, wie's geht. Komm morgen um die gleiche Zeit wieder!"

Schon sprang er in den See zurück und tauchte unter.

Während die Hofdame zurück ins Schloss ritt, ließ Bronn sich mit dem Bach zur Buschhexe treiben. Tropfnass klopfte er bei ihr an. Sofort scheuchte sie ihn zum Trocknen an den Herd. Von dort trug Bronn sein Anliegen vor.

Die Hexe wiegte nachdenklich den Kopf.

„Kannst du nicht helfen oder willst du nicht?“, röhrte Bronn ungeduldig.

„Brüll nicht so, du bist nicht am Wasserfall“, wies ihn die Hexe zurecht und fuhr dann listig grinsend fort: „Ich wüsste schon Rat, aber er ist nicht umsonst zu haben. Hilfst du mir, helf' ich dir.“

Sie beklagte sich bitter darüber, dass der Waldschrat ihr den Flugbesen gestohlen habe. Wenn Bronn bereit sei, den Besen zurückzuholen, werde sie ihm verraten, wie der Prinzessin geholfen werden konnte.

Bronn grauste es, den Weg zum Waldschrat zu Fuß zurückzulegen. Er ließ sich lieber im Wasser von Ort zu Ort treiben. Außerdem wusste er, dass die Hexe ihre Versprechen nur selten hielt.

„Glaub nicht, dass du mich übers Ohr hauen kannst“, warnte er.

Die Hexe setzte ihr ehrlichstes Gesicht auf. Dann flüsterte sie ihm den geheimen Besenbefehl in die riesige Ohrmuschel und Bronn stakelte lahmfüßig tiefer in den Wald hinein.

Den grobschlächtigen Waldschrat hörte er schon von weitem.

Mit dem gestohlenen Besen kurvte der Alte über einer Baumlichtung und sang laut und falsch ein selbst verfasstes Lied.

„Was machst du da oben?“, schrie Bronn, weil ihm nichts Besseres einfiel.

Der Waldschrat erschrak, kam ins Trudeln und stürzte ab. Wie ein Stein schlug er auf dem Waldboden auf. Aus seinen Mooshosen stieg eine dunkle Staubwolke auf.

„Ist dein Wasserfall ausgetrocknet, dass du hier herumschleichst?“, knurrte er und rieb sich das breite Hinterteil. Bronn schüttelte den Kopf und behauptete, der wunderbare Gesang des Waldschrats habe ihn hergelockt.

Geschmeichelt kratzte sich der Alte die haarige Brust. Er wollte erneut zu singen beginnen, doch Bronn fragte schnell, wie er denn zu diesem Flugbesen gekommen sei. Der Waldschrat gab zu, dass er ihn der Buschhexe bei guter Gelegenheit gestohlen habe. Bronn lachte sein lautestes Wasserfall-Lachen und versicherte, das sei ein guter Einfall gewesen.

„Du bist jedenfalls ein besserer Flieger als die Buschhexe.“

Der Waldschrat platzte fast vor Stolz und als Bronn fragte, ob er sich – nur mal so zur Probe – auf den Besen schwingen dürfe, überließ er ihm das Fluggerät ohne Zögern.

Kaum saß Bronn auf dem Besen, murmelte er: „Von unten hinauf und sicher nach Hause!“

Der Besen fuhr senkrecht in die Höhe und schoss dann hoch über den Wipfeln der Bäume geradeaus.

Der Waldschrat aber starrte verdutzt ein Loch in die Luft …

Die Hexe wartete schon vor ihrer Hütte und holte Bronn mit einem Landespruch auf den Boden zurück. Sie wollte ihm den Besen abnehmen, doch Bronn war auf der Hut.

„Sag mir erst, wie die Prinzessin geheilt werden kann“, forderte er und blieb auf dem Besen hocken.

Die Hexe merkte, dass sie nicht auf die übliche Art davonkam und verriet Bronn im Flüsterton, dass der Magier Miles eine Schlafrose im Garten gepflanzt hatte, um sich für seine Vertreibung zu rächen. Wer die Prinzessin vor dem allmählichen Sterben retten wolle, müsse sich in den Felsenschlund wagen und dort den magischen Doppelspiegel holen. Die eine Seite des Spiegels sei eine Schlafseite, die andere eine Wachseite. Ob man einschlafe oder aufwache hänge davon ab, welche Seite man vor Augen habe. Um den Spiegel aus dem Gestein zu brechen, brauche man jedoch Hammer und Meißel, die in der Walpurgisnacht gegossen worden seien.

„Hast du so etwas?“, schrie Bronn in seiner lauten Art.

Die Hexe hielt ihm entsetzt den Mund zu. „Ja doch“, wisperte sie. „Aber das darf niemand im Wald erfahren.“ Sie zog ihn samt Besen in die Hütte hinein und sprach erst dort weiter.

„Der Felsenschlund wird von einem riesigen Troll bewacht, der vor dem Eingang liegt. Er schläft, aber sein Schlaf ist von der leichten Art. Wenn du es schaffst, an ihm vorbeizukommen, liegt der gefährlichste Teil des Vorhabens erst noch vor dir. Der Spiegel befindet sich mit der Schlafseite nach vorn im Gestein. Du darfst nicht hineinschauen, wenn du den Meißel gebrauchst, sonst schläfst du ein und wachst nie wieder auf. Drei Schläge sind notwendig, um den Spiegel aus dem Fels zu lösen."

Wieder griff die Hexe nach dem Besen, aber Bronn klemmte den Stiel fest zwischen seine dürren Beine. „Du musst mich zum Felsenschlund fliegen", verlangte er. „Ich bin das Laufen nicht gewöhnt."

Die Vorstellung, sich in die Nähe des Trolls zu begeben, gefiel der Hexe überhaupt nicht – aber Bronn hatte den Besen!

Sie packte also das Handwerkszeug ein und brauste mit dem Wasserkobold hinter sich auf dem Besen zum Felsenschlund. Dort landete sie das Fluggerät hinter einem großen Busch. „Weiter kriegst du mich nicht", knurrte sie.

Bronn griff sich Hammer und Meißel und schlich vorsichtig an den Troll heran. Der schnarchte, dass der Boden unter ihm zitterte.

In weitem Sprung schoss der Wasserkobold über ihn hinweg und landete im Felsenschlund. Vorsichtig blickte er um sich und bemerkte einen breiten Gang, der matt erhellt war. Von einem Spiegel war nichts zusehen, aber vielleicht kam das Licht von dort, wo er im Gestein steckte.

Zwischen den langen, blauen Haaren hindurch spähte Bronn nach vorn, während er den Gang entlangtappte. Das Licht wurde stärker und – es ging tatsächlich von einer tellergroßen, spiegelnden Fläche aus, die sich am Ende des Ganges im Gestein befand.

Lähmende Müdigkeit ergriff Bronn und erinnerte ihn daran, dass er nicht in den Spiegel schauen durfte. Also wandte er das Gesicht der Wand neben sich zu und gelangte so bis ans Ende des Ganges. Mit geschlossenen Augen pirschte er sich an den Spiegel heran. Seine blauen, dürren Finger tasteten prüfend das raue Gestein um den Spiegel herum ab. An drei Stellen war es deutlich glatter. Drei Schläge hatte er! Sollte er links oder rechts oder unten beginnen?

Schließlich trat Bronn mit zusammengekniffenen Augen vor den Spiegel, setzte den Meißel an der unteren glatten Stelle an und der Hammer schlug wie von selbst zu. Unerwartet leicht gab das Gestein mit leisem Schwirren nach. Bronn sprang an die Wand zurück und lauschte angespannt …

Der Troll am Eingang rührte sich nicht.

Nun kroch Bronn unterhalb des Spiegels auf die andere Seite. Diesmal ertastete er mit geschlossenen Augen die linke glatte Stelle, setzte den Meißel an und der Hammer schlug zu.

Das Geräusch des zurückweichenden Gesteins erinnerte an ein Grillenzirpen. Der Troll hustete schauerlich.

Als er sich beruhigt hatte, kroch Bronn behände auf die rechte Seite zurück. Was würde geschehen, wenn der letzte Halt durchtrennt war?

Bronn kniff ein weiteres Mal die Augen zu und setzte den Meißel in die dritte Fläche. Er ließ den Hammer zuschlagen und warf das Werkzeug zu Boden. Dann presste er die linke Hand gegen die Schlaffläche. Der Spiegel erzitterte und löste sich unter lautem Ächzen aus dem Gestein. Rasch griff Bronn mit der anderen Hand hinter den Spiegel und drückte die Schlafseite nach unten. Vorsichtig blinzelte er in die Wachseite – wohltuende Kraft durchströmte ihn.

Da walzte auch schon der Troll mit Geheul auf ihn zu ...

Bronn hielt ihm gelassen die Schlafseite des Spiegels entgegen. Verblüfft glotzte das Ungetüm auf sein Spiegelbild, öffnete sein Maul zu anhaltendem Gähnen und fiel schnarchend auf den Rücken. Der Wasserkobold klemmte sich den Spiegel mit der Schlafseite nach innen unter den Arm, nahm Hammer und Meißel auf und quetschte sich an dem schlafenden Troll vorbei.

Als die Hexe den Kobold aus dem Felsenschlund stakeln sah, kroch sie aus dem Busch heraus. Sie entriss Bronn den Spiegel, um sich allein mit der magischen Beute aus dem Staub zu machen. Leider geriet sie dabei an die Schlafseite und sank mit dümmlich verdrehten Augen zu Boden.

Bronn kicherte schadenfroh, verstaute in Ruhe das Handwerkszeug und hielt erst dann mit abgewandtem Gesicht die Wachseite über die Hexe.

Sie kam augenblicklich zu sich und versicherte, sie habe die Macht des Spiegels nur eben mal ausprobieren wollen.

Bronn tat, als glaube er ihr und band sich den Spiegel mit den blauen Haaren fest um den Bauch, ehe er sich hinter der Hexe auf den Besenstiel hockte.

Sie waren noch nicht weit geflogen, da gerieten sie in ein Unwetter.

Hagelkörner trafen Bronn von allen Seiten. Der Sturm zog den Besen steil nach unten und riss ihn steil wieder in die Höhe.

Die Hexe kreischte vor Vergnügen und Bronn vor Entsetzen. Er verlor das Gleichgewicht und stürzte wie ein Stein in die Tiefe. Schon sah er sich zerschmettert inmitten von Spiegelscherben liegen, da wurde er an den Haaren gepackt und von zwei Eulen durch die Luft davongetragen.

Bald darauf erblickte er unter sich den Wasserfall. Die gefiederten Retter ließen ihn in den See fallen und er tauchte erleichtert tief unter die Oberfläche des Wassers.

Um die sechste Morgenstunde fand sich die Hofdame am Wasserfall ein.

Bronn übergab ihr ein mit Algen umwickeltes Bündel, geschmückt mit einer Seerose.

„Das ist ein zweiseitiger Spiegel“, sagte er und bemühte sich, leise zu sprechen.

„Blickst du in die eine Seite, schläfst du ein, blickst du in die andere Seite, erwachst du wieder. Wo die Seerose steckt, ist die Wachseite! Halte der Prinzessin diese Seite vor die Augen und gib acht, dass du selbst dabei nicht in die Schlafseite blickst."

Die Hofdame dankte dem Wasserkobold für seine Hilfe, schwang sich aufs Pferd und ritt davon. Unglücklicherweise legte sie sich das Bündel mit der Schlafseite nach oben in den Schoß. Als ihr Blick zufällig darüber glitt, traf ihre Augen ein greller Strahl aus einem Spalt in der Umhüllung und sie fiel wie tot vom Pferd. Das Bündel aber rollte in die Büsche.

Weil die Hofdame gegen Abend noch immer nicht zurück war, schickte der König einen Suchtrupp in den Wald. Die Männer fanden sie – bewusstlos, mit weit geöffneten, starren Augen, trugen sie ins Schloss und legten sie neben die Prinzessin. Nun würden beide sterben – wenn nicht ein Wunder geschah.

Im Gemach der Prinzessin stand wie eine dunkle Mauer die Nacht.

Plötzlich glitten zwei Eulen zum geöffneten Fenster herein. In ihren Fängen trugen sie den Doppelspiegel.

„Dunkel bricht Dunkel", seufzten sie und richteten die Wachseite des Spiegels auf die weit geöffneten Augen der Hofdame. Gelbes Licht schoss aus den Augen der Eulen in die Augen des Mädchens und von dort in den Spiegel. „Nachtaugen schlafen nicht", seufzten die Eulen.

Die Hofdame erwachte, blickte verwirrt um sich und erinnerte sich an alles, als sie die Eulen bemerkte.

Die Vögel hielten nun auch der Prinzessin die Wachseite vor – nach einer kleinen Ewigkeit schlug diese endlich die Augen auf. Sie war sehr schwach. Die Hofdame hatte Mühe, ihre Herrin aufzurichten. Für einige Augenblicke vergaß sie deshalb die Eulen – als sie nach ihnen sehen wollte, waren die Vögel und der Spiegel verschwunden.

Am Fußende des Bettes aber lag die Wasserrose.

Der König war glücklich über die Heilung seiner Tochter. Er ließ ein Fest zu Ehren der Prinzessin vorbereiten. Dem Wasserkobold warf er persönlich eine mit einem Stein beschwerte Einladung in den See und für die Eulen legte er eine auf den Fenstersims. Ob sie zum Fest erschienen sind, ist nicht überliefert. Auch weiß niemand, was aus dem Spiegel geworden ist!

Das Schicksal des Magiers Miles dagegen ist bekannt: Viele Jahre nach der Heilung der Prinzessin fanden spielende Kinder seinen vertrockneten Körper in einer Burgruine, in der seit undenklichen Zeiten Eulen nisteten. In seinen weit aufgerissenen toten Augen stand noch immer blankes Entsetzen, als habe ihm jemand einen ganz bestimmten Spiegel vorgehalten.

## Schnipp-Schnapp, alles ab!

Weit ab von den lauten Städten lag der Drei-Meilen-Feenwald.

Dort, wo er besonders dicht war, hausten in einer großen Felsenhöhle die langschwänzigen Trolle. Mit Keulen bewaffnet streiften sie tagsüber umher, immer auf der Suche nach Beute und Streit. Sie waren stark und machten alles nieder, was ihnen in den Weg kam.

Die Nixen im Teich bewarfen sie mit Steinen, jagten die Zwerge über Stock und Stein und schlugen ihnen die Hüttenfenster ein. Die Katzen der Hexen fraßen sie auf, als seien es Kaninchen. Dem Riesen zertrampelten sie mit Vergnügen den Garten und spielten mit den gewaltigen Kürbissen Fußball. Wenn sich die Elfen auf der Waldlichtung zum Mitternachtstanz trafen, torkelten sie grölend dazwischen und versuchten, den zarten Wesen den Flugstaub von den bunten Flügeln zu blasen. Zum Glück waren die Elfen flinker als die Unholde und flohen rechtzeitig hinauf in die Bäume.

Wen wundert es, dass kein Waldbewohner die Trolle leiden konnte?

Besonders gern plagten die Unholde die Bauern des kleinen Dorfes, das in Waldesnähe lag. Sie brachen nachts in deren Keller ein und schleppten alles weg, was essbar war.

„So kann es nicht weitergehen!“, schimpften die Bestohlenen, aber sie wussten nicht, wie sie die Trolle vertreiben sollten.

Im Dorf lebte eine alte Kräutersammlerin. Sie war im Wald einmal der Feenkönigin begegnet und diese hatte versprochen, der Alten zu helfen, sollte sie in Not geraten.

Die schöne Frau hatte dem Kräuterweiblein eine Haarlocke geschenkt und gesagt: „Verbrenne sie, wenn du mich rufen willst. Überlege jedoch gut, ehe du dies tust. Ich helfe nur, wenn es auch wirklich nötig ist.“

Als nun die Trolle immer zudringlicher wurden und zuletzt sogar am helllichten Tag die Kühe und Schweine wegtrieben, erinnerte sich die Alte an das Geschenk der Feenkönigin.

„Wenn ein ganzes Dorf in Not gerät“, dachte sie, „dann darf ich sicher um Hilfe rufen.“ Um Mitternacht warf sie das Haar ins Herdfeuer und sofort stand die Feenkönigin in der Hütte.

„Ich weiß schon, worum du bitten willst“, lächelte sie. „Die Trolle richten auch im Wald großes Unheil an. Ich versichere dir, sie werden ihre Strafe bekommen.“

Die Königin rief nun alle Feen des Waldes im Thronsaal ihres Schlosses zusammen und befahl ihnen, die Wunderscheren mitzubringen.

„Es ist an der Zeit, dass im Wald wieder Ruhe einkehrt“, sagte sie ernst. „Wir müssen den Trollen wohl oder übel die Haarbüschel abschneiden.“

Der Saal war sofort erfüllt von Raunen und Kichern. Jede Fee wusste, die gewaltige Kraft der Unholde steckte in einem Büschel Haare am Ende ihres Schwanzes.

Obwohl die ungehobelten Kerle sonst schmutzig waren und meilenweit gegen den Wind stanken – die langen Schwänze wuschen sie täglich sorgfältig in einem Bach, der an ihrer Höhle vorbeifloss. Wer nämlich sein Haarbüschel nicht pflegte oder gar verlor, der wurde augenblicklich schwach und schrumpfte noch unter Zwergengröße. Dies war das Einzige, wovor sie sich fürchteten, denn es dauerte lange, ehe die Haare nachwuchsen und die Trolle die alte Kraft wiedererlangten.

„Ich sehe, ihr wisst, worum es geht“, ergriff die Feenkönigin erneut das Wort. „Wir Waldbewohner können uns auf vielerlei Weise den Rüpeleien der Unholde entziehen, die Menschen jedoch nicht. Sie sind den Trollen hilflos ausgeliefert und geraten in Todesgefahr, sofern sie sich mit ihnen anlegen. Machen wir uns also ans Werk.“

Nun war es freilich schwierig, einem wachen Troll nahezukommen und die Unholde erfasste selten Müdigkeit, wenn aber doch, dann gemeinschaftlich. Waren sie erst einmal eingeschlafen, weckte sie so leicht nichts auf.

Die Feenkönigin schickte eine Eule zur Trollhöhle. Das Tier würde ihr eine verlässlich Botschaft bringen, sobald die Unholde wieder einmal schliefen.

Das geschah glücklicherweise bereits in der folgenden Nacht.

Kichernd machte sich die Feenschar auf den Weg. Bald wurde es schwierig, schwebend voranzukommen, denn die Zweige der Tannen schienen sich geradezu ineinander verstrickt zu haben. Die Königin gab das Zeichen, zu Fuß weiterzugehen und legte den Finger an die Lippen. Gehorsam stellten die Feen ihr Kichern und Flüstern ein.

Auf dem Waldboden stank es unbeschreiblich nach Mist und Abfällen. Voll Ekel wand sich die stumme Schar die Schleier um Mund und Nase.

Schließlich vernahmen die Feen von weitem lautes Schnarchen – sie waren am Ziel.

In der Höhle qualmte ein Feuer.

Dicht aneinander gedrängt lagen die Trolle um die Feuerstelle.

Die Feenkönigin schlich als erste in den stinkenden Unterschlupf, warf eine Handvoll Traumpulver in die Glut und sofort breitete sich betäubender Duft aus. Darauf gab sie ein Zeichen und die Schar drang in die Höhle vor.

Mit spitzen Fingern tasteten die Feen nach den Trollschwänzen, schnitten mit den scharfen Wunderscheren – ritsch, ratsch – die Haarbüschel ab und warfen sie in die züngelnden Flammen. Beißender Rauch stieg auf.

Die Trolle husteten und grunzten und wälzten sich vom Feuer weg.

Vergnügt beobachteten die Feen, wie die klobigen Unholde schnell kleiner und kleiner wurden. Dadurch war mühelos zu erkennen, welchem Troll sie das Haarbüschel noch nicht abgeschnitten hatten.

„Schnipp-Schnapp, alles ab!“, verkündete schließlich die jüngste Fee übermütig hinter ihrem Schleier und die anderen kicherten schadenfroh.

Tatsächlich lagen in der Höhle nun lauter hässliche, kleine Schnarcher in Eichhörnchengröße mit langen, dünnen Rattenschwänzen.

Zur Sicherheit warf die Feenkönigin noch einmal etwas Traumpulver ins Feuer und die Feen eilten erleichtert davon.

Am nächsten Tag blieb es ruhig im Wald, auch am übernächsten und am überübernächsten. Unter den Waldbewohnern sprach sich schnell herum, warum das so war.

Die Nixen plantschten wieder übermütig an der Oberfläche des Sees. Die Zwerge reparierten ihre Hüttenfenster und die Katzen der Hexen jagten eifrig Mäuse, ohne selbst gejagt zu werden.

Der Riese brachte zufrieden seinen Garten in Ordnung, steckte erneut Kürbiskerne in die Erde und suchte nach dem gestohlenen Vieh der Bauern, soweit es die Trolle noch nicht gefressen hatten. Es war schnell gefunden. Er trieb es aus dem Wald hinaus, wie die Feenkönigin ihm aufgetragen hatte.

Überglücklich brachten die Bauern ihre Kühe und Schweine in die Ställe zurück. Sie wussten sich nicht zu erklären, warum die Trolle von nun an das Dorf in Ruhe ließen und die alte Kräutersammlerin verriet es ihnen nicht.

Zu ihrer Freude lag bald darauf auf dem Küchentisch eine neue Haarlocke.

Was aber war aus den Trollen geworden?

In jener Nacht schliefen sie bis weit in den Tag hinein. Als sie erwachten, kam ihnen die Höhle gewaltig vor und die Feuerstelle wie ein abgebranntes Waldstück. An der hohen Felsenwand lehnten dicke, lange Balken, die wie Keulen aussahen. Doch kein Troll war in der Lage, sie anzuheben.

Quietschend wie Mäuse wuselten sie in der Höhle umher und traten sich dabei fortwährend auf die viel zu langen Schwänze.

Endlich fiel einem der Winzlinge auf, dass an jedem Schwanz das Haarbüschel fehlte! Entsetzt grölten alle auf, nur klang das Grölen wie lautes Katzengekreisch und durchaus nicht furchterregend.

Tagelang wagten sich die Trolle nicht aus der Höhle. Dann schnitten sie sich aus dünnen Ästchen neue Keulen, nicht stärker als ein Kochlöffelstiel.

Statt Hasen und Rehe jagten sie nun Mäuse. Die Katzen der Hexen waren jedoch viel schneller und fingen ihnen die meisten vor der Nase weg.

Stundenlang badeten die Tröllchen ihre Rattenschwänze im Bach und warteten, Rache brütend, auf das Sprießen der Haarbüschel.

Doch es zeigte sich, dass die Wunderscheren der Feen ganze Arbeit geleistet hatten – nicht ein Haar wuchs nach, so oft die winzigen Unholde ihre Schwänze auch prüften.

Wie gern hätten die Tröllchen wenigstens den Zwergen die Hütte kurz und klein geschlagen, aber sie fürchteten sich entsetzlich, wenn es im Wald nur etwas lauter krachte.

Als das Mitsommerfest gefeiert wurde, hockten die hässlichen Winzlinge versteckt im Gebüsch und beobachteten wütend das frohe Treiben der Waldbewohner. Niemand hatte die Tröllchen dazu eingeladen, es war, als gäbe es sie nicht! Missmutig fegten ihre Rattenschwänze den Waldboden blank.

Und wenn sie den Drei-Meilen-Feenwald nicht verlassen haben, dann hocken sie noch immer ängstlich in ihrer Höhle oder zanken sich mit den Katzen um die Mäuse.

## Die Windsbraut

Vor langer Zeit, als die Winde noch zu sprechen vermochten, lebte am Waldrand in einer Holzhütte eine alte Frau.

Die Gegend wurde von Menschen gemieden, denn inmitten des Waldes befand sich eine wüste Fläche, auf der ein von der Zinne bis zum Grund geborstener Turm stand. Wer sich dorthin wagte, wurde von lähmender Furcht ergriffen, eilte wie von Teufeln gejagt heimwärts und verließ auch das eigene Haus nicht mehr. Etwas Schlimmes musste sich an diesem Ort zugetragen haben, doch war die Kunde darüber verlorengegangen.

Auf die alte Frau schien die dunkle Macht keinen Einfluss zu haben, daher galt sie auch bei vielen als Hexe. Man ging ihr unauffällig aus dem Weg, wenn sie sich im Dorf blicken ließ. Der Alten war es gleich, solange der Krämer ihr die gesammelten Pilze und Beeren gegen Mehl und Schmalz eintauschte.

Der Kaufmann hinwiederum hatte gute Gründe, mit ihr Handel zu treiben. Er erzielte für das, was sie ihm brachte, in der nahen Stadt einen sehr guten Preis. Bislang war auch niemand durch diese Ware zu Schaden gekommen.

Die alte Frau besuchte jahraus, jahrein jene Lichtungen, wo an den Büschen die prallsten Beeren wuchsen, kannte die feuchten Senken, in denen die Pilze geradezu wucherten, und scheute sich nicht, auch die Wüstenei zu betreten, in deren Mitte der geborstene Turm stand.

„Ach, du mein Schönster", murmelte sie jedes Mal betrübt, wenn sie das morsche Gemäuer betrachtete und es war, als hätten diese Worten eine besondere Bedeutung. Lauschend hielt sie darauf nämlich die Hand hinters Ohr.

Und nicht lange, so irrte ein Laut über die Wüstenei, der wie Seufzen klang.

„Gemach, gemach", tröstete die Alte dann. „Muss ich ausharren, kannst du es auch."

Die Zeit verstrich.

Die Alten des Dorfes starben, nur die Greisin vom Waldrand schien nicht einen Deut älter zu werden. Längst tauschte sie ihre Beeren und Pilze beim Sohn des Krämers ein. Der fasste sich eines Tages ein Herz und fragte, wie es denn sein könne, dass sie sich so gar nicht verändere.

„Die Winde haben die Zeiten in Ewigkeiten verwandelt", antwortete die Alte.

Damit wusste der junge Krämer zwar nichts anzufangen, aber er nickte, als sei ihm der Sinn der Worte geläufig.

In einer Mittsommernacht erbebte die Hütte der alten Frau unter einem ungewöhnlichen Sturm, der aus allen Himmelrichtungen zugleich blies. Sie erhob sich von ihrem Lager und lauschte aufmerksam dem Heulen und Pfeifen. Allmählich verstand sie die seltsamen Laute:

*Brodelnde Gründe schicken die Winde,*
*heben und streben, verweben, beleben,*
*winden, verbinden und bringen hernieder*
*Windsors Windsbraut und weichen wieder.*

Es blitzte und der Donner grollte. Darauf legte sich der Sturm.

Eilig hüllte sich die Alte in ein Umschlagtuch und eilte mit traumwandlerischer Sicherheit durch den finsteren Tann. Als sie die Wüstenei erreichte, brach der Mond durch die Wolken. Wie immer blieb sie stehen und legte die Hand hinters Ohr. Diesmal vernahm sie aus der Richtung des geborstenen Turmes ein zartes Klingen, als striche Wind durch die Saiten einer Harfe.

In der Nähe des Eingangs saß im Mondlicht ein etwa zweijähriges Mädchen und streckte ihr lächelnd die Arme entgegen. Sie nahm das Kind auf den Arm, als habe es nicht das geringste Gewicht, und trug es in die Hütte.

Bereits am nächsten Morgen war das kleine Mädchen deutlich größer geworden.

Auch das hemdartige Gewand aus fließendem Gewebe schien mitgewachsen, ja, geradezu ein Teil der anmutigen Gestalt zu sein. Ein schwaches Leuchten ging vom Antlitz des Kindes aus. Es schwebte aus der Hütte und wiegte sich draußen im Windhauch wie eine Blume.

Im Verlauf weniger Tage wuchs das Mädchen zu einer schönen jungen Frau heran. Die Alte schien die schnelle Veränderung ihres 'Findelkindes' nicht zu verwundern, auch nicht, dass es weder aß noch trank und nicht ein einziges Wort sprach. In Erinnerung an ihren eigenen Namen rief sie das Mädchen 'Winda'.

Zwei Wochen waren so vergangen, da gewahrte die alte Frau eines Nachts, dass Winda die Hütte verließ und erst vor dem Morgengrauen zurückkehrte. In der nächsten Nacht geschah das Gleiche. In der dritten machte das Mädchen ihr ein Zeichen, sie solle ihm folgen.

Leichtfüßig schwebte Winda zur Wüstenei. Die alte Frau vermochte kaum Schritt zu halten.

Ein Seufzer wehte vom Turm zu den beiden herüber …

Das Mädchen antwortete und es schien, als striche Wind durch die Saiten einer Harfe. Dann wandte es sich der Alten zu, die zögernd stehengeblieben war. „Komm!“, schien der Blick der leuchtenden Augen zu sagen. „Komm! Alles wird nun gut.“

Es war lange her, dass sie den Turm betreten hatte. Zweihundert, dreihundert Jahre? Die alte Frau hatte schon lange aufgehört zu zählen.

Damals war sie ein junges, schönes Mädchen gewesen – Roswinda, die Tochter des Schwarzen Ritters, der auf der Windburg ein gefürchtetes Regiment führte.

Jeden Tag hatte sie auf der Turmzinne gestanden und gehofft, es werde einem tapferen Recken gelingen, den Weg durch den finsteren Tann zu finden, um sie aus dieser Burg zu entführen, denn der Vater hatte sie dem 'Dämon der lähmenden Furcht' versprochen, von dem er seine Kraft erhielt. Bei ihm würde sie in Kälte und Finsternis ausharren müssen, bis der Tod sie erlöste.

Eines Tages war dann tatsächlich ein Reiter dahergekommen, aber nicht durch den Tann: Sein Ross trabte durch die Luft, als sei es fester Grund.

Der Jüngling besaß strahlende Augen. Sein blaues Wams bestand aus fließendem Gewebe und schien ein Teil seines Körpers zu sein.

„Ich bin Windsor“, hatte er gesagt, mit einer Stimme, die wie eine Harfe klang. „Du und ich, wir sind füreinander bestimmt.“

Oh, der schöne Fremdling! Wie sehr hatte sie ihn geliebt!

Täglich war er gekommen und jedes Mal, wenn er Abschied nahm, hatte Ängstlichkeit sie daran gehindert, sich mit ihm gemeinsam dem freien Raum anzuvertrauen. Sie brauchte festen Boden unter den Füßen.

Eines Abends wurden sie auf der Zinne vom Dämon überrascht. Sein lähmender Blick hatte Windsor gebannt und den Turm zum Bersten gebracht. Ein tiefer Schlund hatte sich aufgetan und den Geliebten in die Tiefe gezogen. Sie selbst fühlte sich vom Wind erfasst und durch die Luft davongetragen.

Unfähig sich zu rühren, vernahm sie brausenden Gesang:

*Brodelnde Gründe schicken die Winde,*
*fliehen, entziehen, verweben das Leben,*
*halten, verwalten, handeln und wandeln*
*Zeiten durch Gleiten in Ewigkeiten.*

Aus einer tiefen Bewusstlosigkeit war sie dann als altes Weib erwacht.

Die Burg gab es nicht mehr. Wo sie gestanden hatte, dehnte sich eine Wüstenei. Nur der Turm war übriggeblieben, von oben bis zum Grund gespalten. Wohin sollte sie sich wenden?

Am Saum des Waldes war sie auf eine verlassene Hütte gestoßen, die ihr Schutz vor Kälte und Regen gewährte.

Den Winden aber fühlte sie sich seit dieser Zeit besonders verbunden. Sie lernte ihr Säuseln und Seufzen, ihr Brausen und Heulen zu verstehen. So hatte sie auch erfahren, dass nichts für immer verloren sei, dass sie nur in Geduld ausharren müsse. Und nun war es soweit …

Die alte Frau betrat die Ruine. Über sich erblickte sie den sternenübersäten Nachthimmel, vor sich erahnte sie den breiten Spalt, der in die Tiefe führte.

Das Mädchen stand neben ihr. Es ergriff die Hand der Alten. Gemeinsam traten sie über den Rand des Abgrundes hinaus und schwebten abwärts.

Es wurde kalt und kälter. Eine dicke Eisschicht bedeckte die Wände des Schachtes. In ihr brach sich das sanfte Licht aus Windas Augen.

Der Schacht schien kein Ende zu nehmen. Dann endlich spürte die alte Frau Boden unter den Füßen. Sie blickte um sich und erkannte einen Raum, in dessen Mitte sich ein Felsblock erhob. Er wurde von einem breiten, senkrechten Riss durchzogen, der mit Eis gefüllt war. Aus diesem Riss drang das wohlbekannte Seufzen, das sie viele Jahrhunderte lang vernommen hatte, sobald sie im Anblick des geborstenen Turmes an ihren Liebsten gedacht hatte. Die Alte ließ die Hand des Mädchens los und legte die Hände auf die Ader aus Eis. Da schoss aus der weiß-glitzernden Wand ein riesiger Schatten hervor und warf sich wie ein schweres Tuch über sie.

„Die ewige Nacht ist dir sicher!“, zischte eine Stimme, scharf wie ein Messer.

„Deine Zeit ist vorbei, Dämon“, sagte die alte Frau ruhig. „Lähmende Furcht kannst du nur denen einflößen, die ihr Leben noch zu verlieren haben. Ich bin vor Jahrhunderten gestorben, als ich meinen Liebsten verlor. Weswegen sollte ich also in Furcht geraten?“

Da zog sich der Schatten dumpf grollend in die Wand zurück und die Eisader des Felsblocks begann zu schmelzen.

Zuletzt brach das Gestein lautlos auseinander und hervor trat ein Jüngling mit strahlenden Augen. Das blaue Wams, das er trug, bestand aus fließendem Gewebe und schien ein Teil seines Körpers zu sein.

„Roswinda!“, rief er mit einer Stimme, die wie eine Harfe klang, und wollte die alte Frau in die Arme schließen, aber sie wich zurück.

„Sieh mich doch an“, sagte sie traurig. „Du bist jung und schön, ich jedoch bin inzwischen einige hundert Jahre älter geworden. Es macht mich glücklich, dich frei zu sehen. Die Winde aber haben dir bereits eine andere Braut geschickt.“ Die Alte blickte sich nach Winda um, doch sie und der Jüngling waren allein in dem unterirdischen Raum.

Windsor lächelte und trat erneut auf sie zu. „Schau auf die Eiswand“, bat er.

Da erblickte Roswinda zwei jugendliche Gestalten mit strahlenden Augen, in fließendes Gewebe gekleidet und über dem Boden schwebend.

Plötzlich verstand sie den tieferen Sinn des Gesanges, den sie vor langer Zeit vernommen hatte: Die Stürme hatte ihr Leben aus der Zeit herausgenommen, in der jungen Winda neu verwebt und die lebte nun in ihr.

„Ich bin die Windsbraut“, flüsterte sie glücklich.

Da fühlte sie sich von Windsors starkem Arm umschlungen und in atemberaubender Geschwindigkeit durch den Schacht in den Nachthimmel getragen – hinauf zu den Sternen.

Als die alte Frau längere Zeit nicht im Dorf erschienen war, machte sich der junge Händler mit ein paar Mutigen auf, um nach ihr zu suchen.

Sie fanden die Hütte verlassen und wagten sich bis zur Wüstenei vor. Dort wuchs saftiges Gras. Erstaunt nahmen sie wahr, dass die Turmruine in sich zusammengefallen war. Ein klarer Bach schlängelte sich unter dem Schutt hervor und verlor sich im Unterholz des Waldes. In der Luft aber lag ein Ton, als wehten von weit her die Klänge einer Harfe herüber.

## Prinz Timo und der Herr der Winde

Zu einer Zeit, als Könige sich noch heimlich unters Volk mischten, um zu hören, ob sie geliebt oder gehasst wurden, in dieser Zeit also lebte ein Schmied. Bei ihm klopfte eines Tages ein Fremder an und bat um Arbeit.

Schnell zeigte sich, dass der junge Mann zum Schmieden nicht taugte, aber der Meister hatte ein gutes Herz und wollte ihn nicht in die Kälte hinausschicken, denn es war Winter.

„Meister, lass ihn den Blasebalg treten“, riet der Geselle. „Da kann er nichts falsch machen.“

Von da an sorgte Timo – so nannte er sich – für die rechte Luft, sodass die Flammen nach Bedarf entweder hoch aufloderten oder das Feuer sacht vor sich hinglühte.

An einem besonders kalten Tag wehte es mit dem Schnee einen zweiten Fremden durchs Tor der Schmiede. Er bat darum, sich ein wenig aufwärmen zu dürfen und trat nahe ans Feuer. Eine Weile lauschte er stumm dem 'Kling-Klang' der Hammerschläge, schließlich sagte er anerkennend: „Ihr beiden versteht euer Handwerk.“

„So ist es“, entgegnete der Schmied. „Ich könnte mir keinen besseren Gesellen wünschen, nur dieser da versteht das Zuschlagen nicht.“ Er zeigte auf Timo und griente. „Hat viel zu feine Gliedmaßen. Kommt nur mit der Luft gut zurecht. Mich wundert’s, dass sie ihn nicht wegweht – den Luftikus.“

Auch über das Gesicht des Burschen glitt bei den Worten des Meisters ein Lächeln.

„Verdrießt dich seine Rede nicht?“, bemerkte der Fremde leise.

„Er meint es nicht so“, antwortete der Bursche in gleichen Ton und lauter sagte er: „Luft ist etwas Wunderbares. Ohne sie gibt es kein Leben und dennoch dient sie uns geduldig.“ Erneut trat er den Blasebalg, denn der Geselle hielt soeben ein Stück Eisen ins Feuer.

Der Fremde erkundigte sich beim Schmied nach dem Weg zum Schloss.

„Immer geradeaus“, brummte dieser. „Doch falls Ihr dem König ein Anliegen vorzutragen habt, wird Euch das schwerlich gelingen, sofern Ihr die Torwache nicht bestechen könnt.“

„Das werde ich mir merken“, versprach der Unbekannte und legte beim Abschied dem Meister fürs Aufwärmen einen Taler auf den Amboss.

„Das nenn’ ich leicht verdientes Geld“, dachte dieser und steckte das Geldstück dankbar ein.

In der Nacht wurde Timo durch einen kräftigen Windstoß aus dem Schlaf geweckt.

Die kleine Kammer war erfüllt von sanftem Licht. Zu Füßen seines Lagers bemerkte er einen Jüngling, von dem das Leuchten ausging.

„Ich bin Aiolos, der Herr der Winde“, sagte die Erscheinung. „Du hast mir heute Ehre erwiesen. Dafür will ich dich belohnen.“

Verwundert fragte Timo: „Wann hätte ich das getan?“

„Du hast die Luft als etwas Wunderbares gepriesen.“

Jetzt erinnerte sich der Bursche an das kurze Gespräch mit dem Fremden.

Er versicherte: „Oh, ich sprach nur die Wahrheit aus.“

Aiolos lächelte. „Und die sagte ein junger Prinz keinem Geringeren als dem König dieses Landes, denn dies war euer Besucher.“

Timo erschrak, denn er fürchtete um das bislang sorgsam gehütete Geheimnis der eigenen Herkunft.

„Ich werde diese Kunde nirgendwohin tragen“, beruhigte ihn der Herr der Winde. Dann streckte er die Hand aus und reichte dem Prinzen eine winzige Harfe. „Dies ist meine Belohnung für dich. Halte sie in die Luft, sobald du Hilfe brauchst, und ich werde dir zu Diensten sein, wie du so treffend bemerkt hast – Luftikus.“ Der Jüngling lachte leise und löste sich in laues Wehen auf.

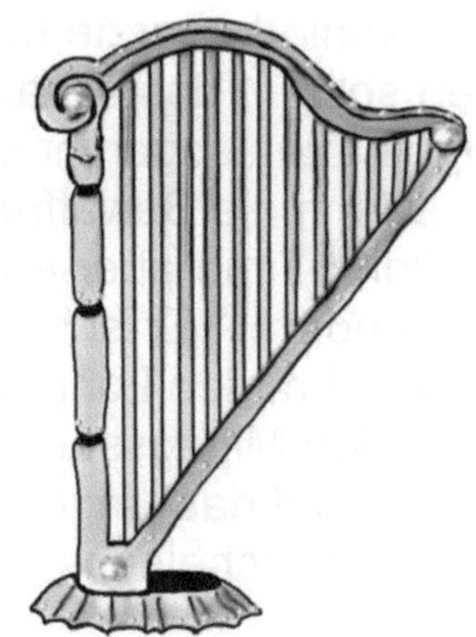

Tagaus, tagein trat Prinz Timo weiterhin geduldig den Blasebalg. Dass sich ein König in der Schmiede aufgewärmt hatte, erwähnte er mit keinem Wort und dass er selbst von hoher Herkunft war, sah man ihm ja nicht an.

Mit ein paar Talern für Wegzehrung und Übernachtung hatte ihn sein Vater – der König des Nachbarlandes – zu Fuß auf die Wanderschaft geschickt und gesagt: „Gerecht regieren kann nur, wer zuvor das Dienen lernt. Schlag dich durch, mein Sohn!"

Timo griente in sich hinein. Mit dem 'schlagen' hatte er seine Schwierigkeiten, aber das Blasebalgtreten beherrschte er inzwischen hervorragend.

Als der Frühling Einzug hielt, traf ein Herold im Dorf ein und verkündete, dass der König beherzte Männer suche, die ein geflügeltes Ungeheuer zur Strecke bringen sollten, das allnächtlich die Wachen angreife. Sie wurden seiner nicht Herr, einige hatten sogar ihr Leben gelassen.

„Wenn die Bewaffneten es nicht schaffen, wer dann?", knurrte der Geselle.

Prinz Timo aber eröffnete dem Meister: „Für mich ist es nun an der Zeit weiterzuwandern." Er schnürte sein Bündel samt der winzigen Harfe und der Schmied zahlte ihm den Lohn aus.

In den Mittagsstunden des nächsten Tages erreichte der Prinz das Schloss.

„Ich will das Ungeheuer bekämpfen", antwortete er, als man ihn nach dem Grund seines Erscheinens fragte.

Eilig ließen die Wachen ihn ein … ohne Bestechungsgeld zu verlangen. Der König hatte ihnen gehörig die Hölle heiß gemacht, wie sich jeder denken kann.

Der Hauptmann betrachtete den neuen Freiwilligen abschätzend. „Ich glaube nicht, dass du der Aufgabe gewachsen bist“, sagte er. „Dir wird’s ergehen wie allen anderen: Nach der ersten Nacht wirst du dich davonmachen. Man muss schon ein erfahrener Krieger sein, um durchzuhalten.“

„Lass es mich wenigstens versuchen“, bat der Prinz.

Der Hauptmann nickte zustimmend.

Die Wachen statteten Timo nun mit allem aus, was er für den Kampf brauchte, und führten ihn bei Einbruch der Dämmerung auf die Zinne des Schlosses.

Sobald er allein war, legte der Prinz Schild und Lanze beiseite und nahm Helm und Brustpanzer ab.

Als es richtig dunkel geworden war, vernahm er das Rauschen gewaltiger Schwingen. Schnell zog er die winzige Harfe aus dem Wams und hielt sie in die Luft. Liebliches Klingen ertönte und gleich darauf stand Aiolos vor ihm.

„Hilf mir, das Ungeheuer zu bekämpfen“, bat der Prinz.

Der Herr der Winde bewegte ein wenig die Lippen und es entstand eine farbig schillernde Luftblase, die sich dehnte und dehnte, bis sie das Schloss wie eine Kuppel umgab. Kaum hatte er das Blasen eingestellt, da krachte etwas Riesiges, Schwarzes mit Wucht gegen den durchsichtigen Schutz, immer und immer wieder …

Der Herr der Winde legte den Finger an die Lippen. Timo verstand Zeichen und versicherte: „Ich werde das Geheimnis wahren.“

Natürlich blieb auch den Wächtern der vergebliche Versuch des Ungeheuers, auf der Zinne niederzugehen, nicht verborgen. Sie weckten den Hauptmann. Der eilte herbei und betrachtete das Geschehen mit gerunzelter Stirn.

„Das geht nicht mit rechten Dingen zu. Behaltet den Burschen im Auge, der so etwas fertigbringt“, befahl er.

Am Morgen stieg Prinz Timo unverletzt und guter Laune vom Turm herunter.

Die Wachen gaben sich den Anschein, als sei alles wie immer verlaufen und lobten seine Tapferkeit. In der folgenden Nacht jedoch schlichen sie ihm nach und beobachteten, dass er Waffen und Rüstung ablegte und – sobald der Flügelschlag des Ungeheuers zu vernehmen war – etwas in die Höhe hielt, von dem liebliche Töne ausgingen. Gleich darauf entstand eine Blase, die in allen Farben schillerte. Sie wurde größer und umgab das Schloss ...

Der Hauptmann hatte recht: Hier war Zauberei im Spiel.

Als der Prinz sich am Morgen erneut ahnungslos bei ihm einstellte, packte ihn der Hauptmann, zerrte ihn vor den König und meldete aufgebracht: „Majestät, dieser Kerl ist ein Zauberer. Seit zwei Nächten hält er mit Tönen und einer gewaltigen Luftblase das Ungeheuer fern. Gewiss hat er es zuvor aufs Schloss losgelassen, um sich hier einzuschleichen. Er führt etwas im Schilde!“

Der König betrachtete den jungen Mann nachdenklich: Wie ein Bösewicht sah der nicht aus, auch kam ihm dessen Gesicht bekannt vor.

„Stimmt es, was der Hauptmann über dich sagt?“, fragte er.

Prinz Timo dachte fieberhaft nach. Aiolos hatte warnend den Finger an die Lippen gelegt, also musste er über den Herrn der Winde schweigen.

„Majestät, ich verstehe nichts von Zauberei“, beteuerte er. „Die Töne stammen von einem winzigen Instrument. Sie dehnen die Luft und diese hält das Ungeheuer zurück. Luft ist etwas Wunderbares.“

Der König dachte: „Wo habe ich das nur schon einmal gehört?“, aber es wollte ihm nicht einfallen.

„Wer gab dir das Instrument?“, forschte er neugierig.

„Der Wind hat es mir vor die Füße geweht“, antwortete Prinz Timo, was fast der Wahrheit entsprach. „Seine Wirkung erkannte ich eher zufällig.“ Was gut gelogen war!

„Nun, wenn die Töne das Ungeheuer vom Schloss fernhalten, soll es mir recht sein“, entschied der König. „Und wenn du mir die Plage für alle Zeiten vom Hals schaffst, will ich dich für diesen Dienst reich belohnen.“

Der junge Prinz versicherte, es werde ihm schon etwas Wirksames einfallen.

Der Hauptmann entschuldigte sich bei Timo für sein Misstrauen. Es sei nicht grundlos gewesen, erklärte er und erzählte von seltsamen Dingen, die im Schloss vorgingen:

Die einzige Tochter des Königs, Prinzessin Thekla, werde von einer eigenartigen Krankheit heimgesucht. „Sie spricht nicht, isst kaum und lässt nach Sonnenuntergang keinen mehr ins Gemach. Seit zwei Tagen ist sie auch noch mit hässlichen blauen Flecken übersät, sagt der Hofarzt."

Timo dachte bei sich, das sei nun wirklich eigenartig. „Vielleicht hat ihr jemand Gift in den Most gemischt", vermutete er.

Der Hauptmann schüttelte den Kopf. „Alle im Schloss befürchten, es ist Zauberei. Vor einigen Monden hielt ein unheimlicher Fremder mit stechendem Blick um die Hand der Prinzessin an, aber der König jagte ihn im Namen Gottes davon. Vermutlich war es ein Zauberer oder ein Dämon oder gar der Teufel selbst."

Sobald der Hauptmann ihn verlassen hatte, stieg Timo auf die Zinne hinauf und schickte die Töne der winzigen Harfe nach dem Herrn der Winde aus. Aiolos erschien und der Prinz berichtete, worum ihn der König gebeten und was er über die Prinzessin erfahren hatte. „Was soll ich tun?"

Aiolos sagte, zuerst müsste das Fenster im Gemach der Prinzessin vermauert werden. „Ein Dämon hat Gewalt über sie erlangt. Er selbst vermag nicht, ins Schloss einzudringen, weil der König ihn im Namen Gottes daraus vertrieben hat. Deshalb greift er sich, sobald die Dämmerung hereinbricht, die Prinzessin durch das Fenster ihrer Kemenate und verwandelt sie in jenes geflügelte Ungeheuer,

das nur ein Ziel kennt – den König zu vernichten. Auf diese Weise soll die Tochter den eigenen Vater umbringen. Das ist die Rache des Dämons für die Zurückweisung."

„Also ist die Prinzessin nur in einem Raum ohne Fenster sicher", seufzte der Prinz. „Was ist das für ein armseliges Leben!"

Der Herr der Winde versicherte, darüber solle Timo sich keine Gedanken machen. „Finde dich nur diesmal vor Anbruch der Dämmerung auf der Zinne ein."

Hurtig eilte der Prinz zum König. „Majestät, ich habe erst heute von der Krankheit Eurer Tochter erfahren", flüsterte er, darum bemüht, dass niemand sonst ihn hören konnte. „Ich glaube, das Übel kommt durchs Fenster der Kemenate. Lasst es also umgehend zumauern."

So seltsam sich anhörte, was der Bursche sagte, der König beschloss, diesem Rat zu folgen. In aller Heimlichkeit machte er sich mit einem seiner Minister selbst an die Arbeit.

Zur vereinbarten Zeit stand Timo wieder auf der Zinne. Aiolos erwartete ihn bereits und führte ihn zu einer Stelle, von welcher der Prinz das vermauerte Fenster gut im Blick hatte. Kaum war die Dämmerung hereingebrochen, bemerkte er eine tiefschwarze Schliere, die wie eine Schlange durch die Luft glitt, genau auf das Fenster zu.

Aiolos hob die Hand und der Prinz spürte einen scharfen Luftzug, der wie ein Blitz auf die Schliere niederfuhr. Ein Wirbel entstand … eine große Kraft drückte die Schwärze zu einem Knäuel zusammen … Heulen und Wimmern drang bis zur Zinne herauf … Erst da senkte Aiolos die Hand und hielt Timo eine kleine, durchsichtige Röhre entgegen, in der ein schwarzer Schatten auf und ab tanzte.

„Das ist der Dämon?“, staunte der Prinz.

Der Herr der Winde nickte. „Der nächste Sturm wird ihn bis ans Ende der Welt mitnehmen. Von dort gibt es keine Rückkehr.“

Ein sanftes Lüftchen wehte und Aiolos war verschwunden.

In dieser Nacht blieb das geflügelte Ungeheuer aus, auch in der nächsten und übernächsten. Nun erkannte selbst der Furchtsamste im Schloss, dass alle Gefahr überstanden war. Prinzessin Thekla erholte sich schnell von ihrer seltsamen Krankheit, sprach und lachte wieder und glaubte, sie habe sich die blauen Flecke an Armen und Beinen bei einem Sturz vom Pferd zugezogen.

Es gab nur einen, der es besser wusste: Prinz Timo dachte an ein geflügeltes Ungeheuer, das die Wachen zuerst vergeblich bekämpft und das dann zwei lange Nächte hindurch vergeblich versucht hatte, in die Luftblase einzudringen.

Als er bereits glaubte, der König habe ihn vergessen, wurde Timo in den Thronsaal gerufen, in dem sich der gesamte Hofstaat versammelt hatte.

„Junger Mann, ich weiß nicht, wie du es geschafft hast, aber dir verdanke ich, dass uns das Ungeheuer verlassen hat und meine Tochter Thekla gesund wurde. Für deine hervorragenden Dienste werde ich dich nun in den Adelsstand erheben“, verkündete der König feierlich.

Ein achtungsvolles Raunen lief durch die Reihen des Hofstaates.

Über Timos Gesicht glitt ein lausbubenhaftes Lächeln. Er verneigte sich und sagte dann: „Majestät, Eure Hochherzigkeit ehrt Euch, aber den Adel besitze ich seit meiner Geburt. Ich bin Prinz Timotheus, der Thronerbe des Nachbarlandes. Mein Vater schickte mich in die Welt hinaus, damit ich dienen lerne, um herrschen zu können. Erinnert Euch – wir trafen vor etlicher Zeit an einem Schmiedefeuer zusammen und ich erklärte Euch, dass Luft etwas Wunderbares sei.“

„Du bist der Luftikus?“, entfuhr es dem König. Doch sogleich fügte er höflich hinzu: „Wie kommt es dann, Prinz, dass ich Euch nicht erkannt habe?“

„Nun, Majestät, damals war ich rußgeschwärzt, heute stehe ich gewaschen vor Euch!“

Nach diesen Worten ging für Prinz Timo plötzlich die Sonne auf, denn ein silberhelles Lachen flog durch den Saal und Prinzessin Thekla trat hinter dem schweren Vorhang hervor. Auch der König lachte und da wagte es der Hofstaat ebenfalls.

„Weil Ihr also den Adel schon mitbringt, Timotheus, so habt Ihr nun einen Wunsch frei“, entschied der König.

Der Prinz blickte Thekla an und Thekla den Prinzen …

„Gebt mir Eure Tochter zur Frau, Majestät“, bat Timotheus und setzte hinzu: „Wenn sie denn will!“

Dem Hofstaat stockte der Atem …

„Sie will!“, rief die Prinzessin. „Sie will, weil er so blitzblank gewaschen ist!“

Der Hofstaat atmete erleichtert auf: Die Hochzeit stand fest, denn der König schlug seiner Tochter nie einen Wusch ab.

Zum großen Hochzeitsgelage waren neben vielen Hoheiten auch zwei Niedrigkeiten geladen, nämlich der Schmied und sein Geselle, die diese Ehre kaum fassen konnten.

Während sich die Gäste die Bäuche mit Köstlichkeiten vollschlugen, handelten die beiden alten Könige miteinander einen Vertrag aus: Sie legten die Regentschaft nieder und schufen die Vereinigten Königreiche unter der Herrschaft König Timotheus des I. – dem, der Gott fürchtet – denn das war die Bedeutung seines Namens.

„Mein Sohn hat gelernt, mit dem Feuer umzugehen, da schafft er auch das Regieren“, sagte Timos Vater und setzte einen dicken Punkt aufs Pergament.

In der Hochzeitsnacht, als endlich der letzte Zecher in tiefen Schlaf gefallen war, stiegen Timo und Thekla auf die Zinne hinauf. Der junge König hielt die winzige Harfe in den Wind. Sie schickte ihre Klänge aus und bald stand Aiolos neben ihnen.

Auch Thekla durfte ihn nun sehen.

„Bau uns ein Luftschloss“, bat der junge König.

Der Herr der Winde lächelte verstehend, hob beide Arme und ein schillerndes Schloss schwebte aus dem nachtdunklen Sternenhimmel herab. „Es wird erscheinen, wann immer ihr euch darin vergnügen wollt“, versprach Aiolos und geleitete sie die durchsichtige Freitreppe hinauf.

Aus dem Schloss aber ertönte die zarte Musik von vielen, vielen Harfen.

## Die sechs Stecher

Es war einmal ein Kleiderfloh, der lebte einsam in der Naht einer Hose, die der Wind in einen Graben geweht hatte. Eines Tages kam ein Wanderer des Weges und zog sie hocherfreut an, weil seine eigene Hose alt und durchlöchert war. Leider fiel der Mann beim Durchwaten eines kleinen Flüsschens ins Wasser. Der arme Floh wäre ertrunken, wenn sein Zappeln nicht einen Wasserfloh herbeigelockt hätte. Der schob ihm ein Blatt zu, auf dem der Gerettete nun pitschnass hockte.

„Wir nehmen dich bei uns auf, Vetter“, bot ihm der schwimmende Kleine an. „Aber zuvor müssen wir dich umarbeiten, damit du unter Wasser leben kannst.“

„Danke! Aber nein – ich bleibe lieber, wie ich bin“, versicherte der Kleiderfloh und sprang mit einem gewaltigen Satz ans sandige Ufer.

„Hurtig voran!“, sprach er sich Mut zu. „Noch ist nicht aller Sprünge Ende!“

Wie er so dahinhüpfte, hörte er eine Stimme, die ihm zurief: „He, Kumpel! Wohin so eilig?“

Suchend blickte der Kleiderfloh sich um und entdeckte einen Vetter aus der Sippe der Sandflöhe, der müßig herumlag und sich sonnte.

„Oh, immer der Sprunglinie nach“, antwortete er. „Und was tust du?“

„Hin und wieder ein bisschen Blut saugen und den Sand ein gutes Ruhekissen sein lassen", kicherte der Sandfloh. „Wenn du nichts Besseres vorhast – bleib doch bei mir."

Also mietete sich der Kleiderfloh bei seinem Vetter in der Sandkuhle ein.

Anfangs lief alles gut. Die beiden sprangen gemeinsam auf die Jagd und schlugen sich den Bauch mit Mäuseblut voll. Danach lagen sie in der Sonne und dachten jeder an das seine – der Sandfloh an die nächste Saugtour, der Kleiderfloh an seine für immer verlorene weiche Hosenfalte, denn ihn kratzte der Sand und das von Tag zu Tag mehr. Es musste doch noch mehr solcher Falten geben!

Eines Nachts – als der Vetter selig von einer Wiese voller Mäuse träumte – enthüpfte er leise der Sandkuhle und machte sich in großen Sprüngen davon.

Im Morgengrauen rastete der Kleiderfloh mit sprunglahmen Beinen an einem Wegrand. Nicht lange, da sah er einen Hund auf sich zutrotten. Der Köter war zerzaust und schien lange nichts zwischen die Zähne gekriegt zu haben.

„Frohes Wandern!", rief der Floh ihm dennoch entgegen. „Ist's erlaubt, bei dir aufzusitzen?"

„Was nicht gar!", knurrte der Hund grämlich. „Ich bin vollbesetzt und wenn auch nur noch einer aufspringt, falle ich tot um."

„Verzieh dich, Landstreicher", krakeelten die reisenden Hundeflöhe im Chor. „Das ist unsere Mitfahrgelegenheit! Such dir eine andere!"

Nun war guter Rat teuer. Missmutig ließ sich der Kleiderfloh auf den Rücken fallen, streckte alle Sechse senkrecht der aufgehenden Sonne entgegen und dachte: „Ich hätte in der Sandkuhle bleiben sollen."

Doch da hörte er plötzlich in nächster Nähe ein paar Flöhe flüstern. Mit neuem Mut rappelte er sich auf und hinkte auf das vertraute Geräusch zu.

Siehe da! Er entdeckte fünf Gesellen der eigenen Sippe, die da auf einem alten Stoff-Fetzen saßen und sich berieten.

„Noch einer, des es geschafft hat!", rief der größte von ihnen und winkte dem Kleiderfloh zu, sich zu ihnen zu hocken.

„Nee! Der ist nicht aus unserem Sack!", stellte ein anderer fest und alle fragten nun nach dem Woher und Wohin des hinkenden Artgenossen.

Da erzählte der Kleiderfloh seine Geschichte, fügte hinzu, dass er froh sei, seinesgleichen gefunden zu haben und fragte, ob er bei ihnen bleiben könne.

„Das kannst du", sagte der größte Floh. „Du hast Glück, dass wir hier eine kurze Rast eingelegt haben. Hast du einen Namen?"

Der Kleiderfloh nickte eifrig. „Ich heiße Stich."

Die fünf Gesellen grinsten und riefen: „Das gilt nicht! So heißen wir alle!"

Und dann stellten sie sich vor: Der große hieß A-stich, der zweite E-stich, der dritte I-stich, der vierte O-stich und der Kleinste U-stich. Nach eingehender Beratung kamen sie überein, den hinkenden Sippenbruder Au-stich zu nennen.

Der Kleiderfloh gab sich damit zufrieden und erfuhr nun, dass die fünf Zirkusflöhe aus einem Sack entsprungen waren, den der Sohn des Direktors wie seinen Augapfel hütete. Tag um Tag hatten sie nach ihren Auftritten vereint an einer Faser des Sackes herumgestochen, bis das Gewebe allmählich nachgab. In der vergangenen Nacht waren sie dann endlich entwischt.

„A-stich wäre beinahe steckengeblieben, denn für unseren Dicken war das Loch zu klein“, kicherte U-stich und sprang vergnügt in die Luft, verschluckte sich und hustete. Die anderen holten ihn an den Beinen zurück. „Bist du nicht gescheit?“, flüsterte E-stich. Der Zirkus ist ganz in der Nähe und du weißt, der Direktor hört die Flöhe husten.“

„Was wollt ihr nun unternehmen?“, fragte Au-stich die fünf.

„Was schon! Wir machen uns selbständig“, erklärte A-stich. „Wir bringen dir unsere Kunststücke bei, dann gehörst du zur Truppe.“

„Ich weiß auch schon, wie wir uns nennen“, meldete sich O-stich zu Wort. „Die sechs Stecher! Wie findet ihr das?“

Besser ging's nicht, fanden die anderen. Nun mussten sie sich nur noch um ein geeignetes Beförderungsmittel kümmern.

Über die Wiese näherte sich eine weiße Katze.

„Hallo, Maunz“, flötete A-stich. „Hast du Lust, mit uns auf Wanderschaft zu gehen?“

„Bin schon auf der Walz“, miaute die Katze. „Hab’ nur einen Schleichgang eingelegt. Soll ich euch mitnehmen?“

Das ließen sich die sechs nicht zweimal sagen und schon saßen sie der Katze im Pelz. Maunz legte eine ordentliche Geschwindigkeit vor, sodass die sonst so fidelen Gesellen das Flohsausen kriegten.

Gegen Abend langten sie in einer Stadt an. Maunz eilte schnurstracks zum Königspalast, wo eine ihrer Tanten achten Grades seit Jahren die königlichen Mäuse fing.

„Du kommst gerade recht", schnurrte die alte Katze erfreut. „Die grauen Flitzer nehmen überhand. Gestern hörte ich, dass die Königin den Speck in den Mausefallen deshalb vergiften will. Das passt mir gar nicht."

„Aber so sind die Fallen doch wirksamer", wandte Maunz ein.

„Dummchen!", miaute die Tante spöttisch. „Glaubst du, ich überlasse den Speck den Mäusen? Wie Fallen geöffnet werden, weiß ich längst. Ich hole mir nur, was mir zusteht, denn bezahlt werde ich fürs Jagen nicht und immer nur Mäusefleisch – das schlägt mir auf den Magen."

„Und wie willst du die Königin dazu bringen, den Speck nicht zu vergiften?", wollte Maunz wissen.

Die Tante strich sich ein paar Mal nachdenklich über die Ohren. „Man müsste ihr einen Floh ins Ohr setzen, der ihr zuflüstert, wie gefährlich Giftspeck für die beiden kleinen Prinzessinnen ist, die alles anfassen, und dass es viel besser ist, eine zweite Katze – nämlich dich – als Jägerin in den Dienst zu nehmen."

„Oh! Da weiß ich Rat", schnurrte Maunz freudig und miaute laut: „Kommt heraus, Freunde!"

Mit vollendetem Salto landeten die fünf Zirkusflöhe vor der alten Katze.

„A-E-I-O-U-stich!", riefen sie und reckten den Stachel in die Höhe.

„Au-Au-stich!“, stotterte auch der Kleiderfloh und landete verschämt und mit einiger Verspätung neben den flinken Akrobaten.

„Er bringt’s noch nicht!“, sagte A-stich entschuldigend und sprach gleich weiter: „Wir haben alles mit angehört und sind bereit zu …“

„Ich übernehme es! Ich setze mich der Königin ins Ohr“, unterbrach ihn Au-stich eifrig. „Ist auch nicht viel anders als in eine Hosenfalte zu kriechen.“

So war es denn besiegelt und beschlossen.

Die alte Katze brachte den Kleiderfloh durchs Fenster ins Schlafzimmer der Königin und er versteckte sich in der Matratze des Bettes. In der Nacht hüpfte Au-stich sachte, sachte bis zum Ohr der edlen Frau und kroch vorsichtig hinein. Er träufelte ihr ein wenig Flohspucke in den Gehörgang und die wanderte nun in den Kopf der Königin und bescherte ihr einen seltsamen Traum: Sie erblickte eine weiße Katze, die ihr mit ehrfürchtigem Miau viele graue tote Mäuse zu Füßen legte.

„Du hast einen Wunsch frei“, hörte sich die Königin sagen.

Da sprach die Weiße mit sanfter Stimme: „Oh, Frau Königin! Ich verlange nichts für mich! Aber ihr solltet den Mäusespeck nicht vergiften! Die beiden kleinen Prinzessinnen könnten ihn zwischen die Finger bekommen. Schenkt ihnen lieber einen Flohzirkus.“

Der größere Teil des Traumes war mit der alten Katze abgesprochen, den, in dem der Flohzirkus vorkam, den hatte sich der Kleiderfloh selbst ausgedacht.

Wenn er schon mal das Ohr einer Königin zum Einflüstern hatte, durfte nichts dem Zufall überlassen werden. Und weil es sich gerade ergab, saugte er sich auch mit königlichem Blut voll. Dieser Stich beendete den Traum der edlen Frau jäh, aber – es war ja auch alles gesagt.

Am Morgen wurde Au-stich bei guter Gelegenheit von der alten Katze wieder abgeholt. Die Königin aber erzählte der Köchin ihren seltsamen Traum und beschrieb die wunderschöne weiße Katze.

„Seltsam! Seit gestern ist uns so ein Tierchen zugelaufen", sagte die Köchin verwundert. „Wenn es ein so guter Jäger ist, wie Ihr träumtet, Majestät, dann sollten zwei Katzen der Mäuse bald Herr werden. Was aber den Flohzirkus angeht …", die Köchin zuckte bedauernd die Schultern.

Die alte Katze hatte das Gespräch belauscht und eilte zu ihrer Nichte. Sie leckte ihr das zerzauste weiße Fell, bis es wie Seide glänzte und dann fingen beide um die Wette Mäuse, dass den Flöhen im Pelz der Weißen das Springen verging.

Am Nachmittag erkundigte sich die Königin beim Hofmagier, ob er in der Lage sei, ihr zum Geburtstag der kleinen Prinzessinnen einen Flohzirkus zu zaubern.

„Flöhe brauche ich echte, Majestät", sagte der Alte mit nachdenklich gerunzelter Stirn. „Das Springen und Turnen und Tanzen kann ich ihnen dann mit magischen Sprüchen eintrichtern." Und er riet der Königin, in ihrem Schlafgemach eine Flohfalle aufzustellen.

Auch das hatte die alte Katze gehört.

Als nun die edle Frau im Park lustwandelte, geschah, was sie im Traum gesehen hatte: Ein weißes Kätzchen legte ihr viele tote Mäuse vor die Füße. Liebevoll nahm sie das Tierchen auf den Arm und – die sechs Stecher wechselten sofort ihren Aufenthaltsort. Es war selbst für die fünf Akrobaten nicht so einfach, sich auf dem Gewand der Königin zu halten. Au-stich rutschte an dem glatten Brokat fast bis zum Kleidersaum hinunter und O-stich musste ihn vor dem endgültigen Absturz retten.

Endlich suchte die edle Frau das Schlafgemach auf und dort schlüpften die sechs erleichtert und unbemerkt in das kleine Döschen mit Löchern – die Flohfalle. Darin war es kuschelig und es roch nach Honig.

„Wir fünf brauchen ja den Zauber des Magiers nicht", sagte der große und wandte sich dann an Au-stich. „Aber dir hilft ein bisschen Magie sicher auf die richtigen Kunstsprünge."

Am Morgen brachte die Königin die Flohfalle zum Magier. Der murmelte einen Spruch und öffnete das Döschen.

„Nicht springen!", warnte A-stich leise. „Vergesst nicht: Wir sind jetzt nämlich eingeschläfert."

„Au-stich pennt wirklich", wisperte U-stich.

Der Magier ordnete die Flöhe in einer Reihe auf seinem Tisch an und murmelte, murmelte, murmelte …

„Es kitzelt“, wisperte E-stich.

„Es krabbelt im Stachel“, hauchte O-stich und hustete zum Floherbarmen!

Endlich schien die Brabbelei beendet zu sein, denn der Magier rief: „Auf zum Sprung!“

Wie sie’s gewohnt waren, sprangen die fünf mit gekonntem Salto in die Höhe, dann auf die Beine, riefen: „A-E-I-O-U …“ und zur gleichen Zeit ertönte: „Au!“ Der bislang von jeder Kunstfertigkeit weit entfernte Kleiderfloh war tatsächlich mit ihnen gemeinsam gesprungen.

Sage keiner etwas gegen einen guten Magier!

Die sechs durften wieder in ihre Flohfalle spazieren, denn das war nun ihr neues Zuhause.

Am nächsten Tag landeten sie auf dem Geburtstagstisch der beiden kleinen Prinzessinnen und gaben ihre erste Vorstellung.

A-stich kam aus dem Staunen über sich und seine Gefährten nicht heraus. Sie machten Kunststückchen, die ihnen nicht im Traum eingefallen wären, schon deshalb nicht, weil Flöhe ja nicht träumen.

Am besten von allen aber turnte und tänzelte Au-stich. Die kleinen Prinzessinnen klatschten in die Hände vor Vergnügen und gaben erst Ruhe, als U-stich mitten im Salto einschlief und von A-stich im letzten Augenblick aufgefangen wurde.

Da hatten die sechs Stecher nun ein herrliches Leben. Und was bekamen sie als Nahrung? Oh, die kleinen Prinzessinnen ließen sie gern an ihren Fingern saugen, sodass man nach einiger Zeit mit Fug und Recht sagen konnte, die sechsbeinigen Künstler seien von königlichem Geblüt!

Auch bewirkten die magischen Sprüche etwas, womit niemand hätte rechnen können: Die Stecher alterten nicht und überlebten selbst die Enkelkinder der kleinen Prinzessinnen. Wer weiß, vielleicht wird der eine oder andere sogar heute noch von solch einem königlichen Floh gebissen?

## Getrennt, gebunden, vergessen

Hinter dreimal sieben Zarenreichen lebte einst der junge Kaufmann Andrej. Er besaß ein geräumiges Holzhaus und einen Garten, in dem allerlei Blumen blühten. Gleich daneben befand sich ein kleiner See. Um Haus und Garten kümmerte sich Andrejs betagte Kinderfrau Olga, wenn der junge Mann mit dem Kutscher Aljoscha in Handelsgeschäften unterwegs war.

Eines Tages brachte Andrej von seiner Reise ein junges Mädchen mit, das ihm in einem Birkenwäldchen vor die Kutsche gelaufen war. Leider sprach die Fremde kein Wort, wanderte jedoch mit aufmerksamem Blick durch die Räume des Hauses und suchte sich zuletzt die Giebelkammer zum Schlafen aus. Den schönen Garten schien sie nicht zu bemerken.

Andrej nannte das Mädchen Berjosa.

Am Tag nach der Ankunft überreichte Berjosa ihm ein Holzlöffelchen. Er bedankte sich und legte das Geschenk in ein Kästchen.

Zu Olgas Freude machte sich das Mädchen im Haus nützlich. Dass es jedoch nur wie ein Vögelchen aß und wie ein Schmetterling am Tee nippte, gefiel der alten Kinderfrau weniger. Ein richtiger Mensch kam nicht ohne Essen und Trinken aus.

Als Andrej nun eines Tages die Absicht äußerte, die schöne Stumme zu heiraten, warnte sie:

*„Söhnchen, Söhnchen, weißt nicht, wer sie ist,*
*was in ihr schlummert und was sie vermisst.*
*Kennst nicht ihr Herz, siehst nur ihr Gesicht.*
*Andruscha, ich rate dir, tu es nicht!“*

Andrej hatte die Alte gern und wusste, sie wollte nur sein Bestes.

„Wenn du meinst, Mütterchen, will ich mit dem Heiraten noch warten“, erklärte er und traf Vorbereitungen für die nächste Reise.

Ehe er in die Kutsche stieg bat er Olga, gut für das Mädchen zu sorgen.

„Will's versuchen, Söhnchen, will's versuchen“, murmelte sie und blickte dem Gefährt nach, bis es um die Wegbiegung verschwand.

In der Nacht nach Andrejs Abreise wurde die Alte durch ein Geräusch geweckt. Es klang, als werde unter dem Dach Holz zerbrochen. Beherzt stieg sie auf den Boden hinauf und öffnete die Tür zur Giebelkammer. Durch das kleine Fenster fiel Mondlicht auf ein leeres Bett.

„Hab's geahnt, hab's befürchtet“, seufzte Olga und zog sich leise zurück.

Das Krachen wiederholte sich von da an in jeder dritten Nacht.

Nach ein paar Wochen traf der junge Kaufmann wieder daheim ein. Diesmal brachte er ein Mädchen mit, das nachts frierend am Straßenrand gesessen hatte. Auch diese Schöne sprach kein Wort. Andrej nannte sie Duschenka. Sobald sie aus der Kutsche gestiegen war, eilte Duschenka in den Garten und dort von Beet zu Beet, von Blütenstrauch zu Blütenstrauch. Das schöne Haus beachtete sie nicht.

Andrej bemerkte wohl, dass Olga die Fremde misstrauisch musterte. Er fragte nach dem Grund und erfuhr, was sich während seiner Abwesenheit zugetragen hatte. „Ich weiß nicht, wohin das Mädchen verschwindet, aber am Morgen nach dem Krachen umweht sie stets der Duft des Birkenwaldes“, sagte die Alte bekümmert.

Das gab dem jungen Mann zu denken: Wenn Berjosa nicht die rechte Frau für ihn war, dann vielleicht Duschenka?

Leider benahm sich auch dieses Mädchen seltsam. Es war nicht willens, das Haus zu betreten, sondern verkroch sich im Gartenhüttchen. Die gutmütige Olga brachte ihm das Essen dorthin und stellte fest, dass auch Duschenka wie ein Vögelchen aß und wie ein Schmetterling am Tee nippte.

„Es wird aufs Gleiche hinauslaufen“, dachte sie, behielt diese Sorge jedoch für sich und richtete den alten Diwan im Hüttchen zum Schlafen her.

Als Andrej am nächsten Morgen den Garten aufsuchte, reichte Duschenka ihm eine vielfarbige Blume, wie er noch nie eine gesehen hatte. Die trug er ins Haus und stellte sie in ein Glas mit Wasser.

Die Zeit verging. Duschenka widmete sich der Pflege des Gartens, Berjosa wirtschaftete im Haus. Die eine schlief im Hüttchen, die andere in der Giebelkammer. Es war, als ob die beiden einander nicht bemerkten.

Abend für Abend jammerte Olga: „Ach, was wird das für ein Ende nehmen?"

„Nun, ich könnte Duschenka heiraten und bei ihr im Hüttchen schlafen", schlug Andrej vor.

Entsetzt hob die alte Frau die Hände und beschwor ihn:

*„Söhnchen, Söhnchen, weißt nicht, wer sie ist,*
*was in ihr schlummert und was sie vermisst.*
*Kennst nicht ihr Herz, siehst nur ihr Gesicht,*
*Andruscha, ich rate dir, tu es nicht!"*

Der junge Mann lachte. „Mütterchen, du siehst Gespenster, wo keine sind. Seit ich daheim bin, hat sich nichts Außergewöhnliches ereignet."

Olga schwieg dazu. Was hätte sie sagen sollen? Er hatte ja recht.

Schließlich musste Andrej erneut in Geschäften über Land fahren.

Vor seiner Abreise fiel ihm das Kästchen in die Hände, in welchem er das Löffelchen aufbewahrte. Erst da erinnerte er sich wieder an die Blume, die Duschenka ihm geschenkt hatte. Obwohl ohne Wasser, blühte sie frisch wie am ersten Tag. Er legte sie zum Löffelchen und verwahrte das Kästchen wieder in einer Truhe. Der Alten versprach er, kein weiteres Mädchen mitzubringen, bat sie aber, die beiden Schönen gut zu hüten.

„Will's versuchen, Söhnchen, will's versuchen", murmelte Olga und blickte der Kutsche nach, bis diese um die Wegbiegung verschwand.

Kaum war Andrej aus dem Haus, wurde Olga in der Nacht von Geräuschen aus dem Schlaf gerissen, die erst wie brechendes Holz und später wie das Heulen des Sturms klangen.

Diesmal lugte sie aus dem Fensterchen ihrer Schlafkammer und erblickte etwas Seltsames: Inmitten des mondbeschienen Gartens stand eine kahle Birke. Ihre Zweige bogen sich im starken Wind, der Abertausende leuchtender Blüten durcheinanderwirbelte. Sie ließen sich auf dem kahlen Geäst nieder und wurden zu Blättern. Sobald der Sturm sich gelegt hatte, tat sich der Birkenstamm auf und ein schönes, nur mit einem Hemd bekleidetes Mädchen trat heraus.

„Berjosa?", flüsterte Olga erstaunt und dachte gleich darauf, dass es ebenso gut auch Duschenka sein könnte.

Die Schöne öffnete die Gartenpforte und wandelte zum Ufer des Sees. Es schien, als wolle sie ins Wasser steigen, doch da erhob sich der Sturm erneut. Mit wehenden Zöpfen eilte das Mädchen in den Garten zurück und verschwand im Stamm der Birke.

Der starke Wind riss die Blätter von den Zweigen. Sie tanzten als leuchtende Blüten im Mondlicht, sanken schließlich zu Boden und erloschen.

Die kahle Birke aber bewegte sich langsam auf das Haus zu …

Olga kroch unter die Decke und wagte kaum zu atmen.

„Was hat das alles zu bedeuten?“, dachte sie. „Andrej muss die Mädchen dorthin zurückbringen, wo sie ihm über den Weg gelaufen sind. Das ist Blendwerk, vielleicht sehr böses.“

Über solcherlei Grübeleien schlief sie ein. Am nächsten Morgen roch es in der Küche wiederum nach frischem Birkenholz und Berjosa wusch bereits eifrig Wäsche im Holzzuber.

Olga ging hinaus in den Garten. Dort goss Duschenka Blumen. Rosenduft hing in der Luft und nirgendwo lag eine einzige Blüte herum.

Zur Erleichterung der Kinderfrau kehrte der junge Kaufmann diesmal schnell zurück. Als sich die Kutschentür öffnete, flatterte zuerst etwas Weißfedriges, Langhalsiges über den Tritt herunter und watschelte zischend und flügelschlagend umher. Andrej versuchte, das aufgeregte Wesen zu beruhigen und rief: „Lebjotka, meine Herrliche, hab’ Geduld, das Wasser ist nicht mehr weit.“

„Meine Güte!“, seufzte die Alte. „Er kann’s nicht lassen, etwas mitzubringen. Diesmal ist es wenigstens nur ein Tier.“

Aljoscha half, den Schwan auf den richtigen Weg zu leiten und bald zog dieser majestätisch seine Kreise auf dem Wasser.

Andrej erzählte Olga, Aljoscha habe Lebjotka vor einem schwarzen Hund gerettet. Dann erkundigte er sich nach den beiden Mädchen.

Die Alte beschwor ihn: „Bring' sie rasch von hier weg. Eine wird in jeder dritten Nacht zur kahlen Birke, die andere löst sich in leuchtende Blüten auf. Beides zusammen ergibt ein Mädchen, das im See baden will, aber nie dazu kommt, weil es der Sturm zurücktreibt. Ich hab's schon einige Male beobachtet. Aber es geschieht nur, wenn du nicht daheim bist."

„Solange ich's nicht selbst gesehen habe, glaube ich's nicht", erwiderte Andrej.

Am nächsten Morgen führte sein erster Weg zum See. Am Ufer fand er ein golden glänzendes Ei. Der Schwan schwamm heran, watschelte aus dem Wasser und schlug mit den Flügeln.

„Du schenkst mir also auch etwas", sagte Andrej nachdenklich, nahm das Ei und legte es zu Löffelchen und Blume ins Kästchen.

In der Nacht hatte er lange über Olgas Bericht gegrübelt und zuletzt einen Plan geschmiedet.

Am Abend befahl er Aljoscha, die Pferde anzuspannen, fuhr jedoch nur drei Werst weit und kehrte heimlich zu Fuß zurück. Er suchte sich einen Platz, von welchem er Haus, Garten und See gut beobachten konnte, und wartete.

Um Mitternacht glitt eine Gestalt vom Dach auf die Veranda hinunter und wurde zu einer Birke mit kahlem Geäst, die sich in den Garten hineinbewegte. Sturm kam auf und aus dem Hüttchen trat nun ebenfalls eine Gestalt, drehte sich schneller und schneller, bis sie sich in leuchtende Blüten auflöste. Dann geschah alles so, wie Olga es erzählt hatte.

Diesmal jedoch legte das Mädchen am Ufer sein Hemd ab und watete in den See. Als ihm das Wasser bis zu den Hüften reichte, näherte sich der Schwan, legte seine Flügel um die nackte Gestalt und plötzlich war da nur noch das Mädchen.

Andrej vernahm deutlich drei Worte: ’getrennt … vergessen … gebunden’.

Eine Wolke schob sich vor den Mond und nahm ihm die Sicht. Er spürte den erneut aufkommenden Sturm, doch als die Wolke endlich vorübergezogen war, lagen Haus und Garten in vollkommener Ruhe und auch der Schwan war verschwunden.

Andrej betrat das Haus erst im Morgengrauen, klopfte an Olgas Kammertür und berichtete, was er gesehen und gehört hatte.

„Mütterchen, kannst du mit den Worten ’getrennt, vergessen, gebunden’ etwas anfangen?“, fragte er hoffnungsvoll.

Olga schüttelte den Kopf und sagte schließlich zögernd: „Aber ich weiß eine, die sie deuten könnte.“

„Dann such’ sie auf“, drängte Andrej. „Ich werde die gute Frau reichlich belohnen.“

„Das wirst du auch müssen, Söhnchen, das wirst du müssen“, versicherte Olga. Während Andrej sich für einige Stunden zur Ruhe legte, ging sie in die Küche, band Piroggen und eine Flasche Kwas in ein Tuch ein und machte sich auf den Weg.

In einer Felsenschlucht, verborgen hinter dichtem Gebüsch, stand auf zwei Hühnerbeinen das Häuschen der Baba Jaga. Die einen sagten von ihr, sie sei eine Menschenfresserin, andere hielten sie für eine Zauberin. Jeder umging die Schlucht in weitem Bogen.

Olga war weniger furchtsam. Sie kämpfte sich durchs Gehölz bis zur Hütte, erklomm die wackligen Stufen und klopfte an die schief hängende Tür.

„Herein, wenn’s nicht Koschej ist“, krächzte es von drinnen und die Tür sprang auf.

Beinahe wäre Olga die Stufen hinuntergefallen, denn der Anblick der Baba Jaga war schauerlich. Die gelben, tiefliegenden Augen der Uralten funkelten gefährlich. Auf ihren Haarzotteln thronte eine durchlöcherte Fellmütze, Jacke und Rock bestanden aus Mausefellen, deren Schwänze hin und her zuckten, als seien sie lebendig.

Grinsend musterte die Baba Jaga die Besucherin.

„Weiß schon, warum du da bist“, knurrte sie, streckte eine dürre, schmutzige Hand aus und forderte: „Erst die Bezahlung!“

Olga reichte ihr das Bündel und durfte eintreten. Drinnen stand sie mit verschränkten Armen und sah zu, wie die Baba Jaga Piroggen verschlang und Kwas in sich hineinlaufen ließ. Um sie herum knisterte, kroch und schwirrte es. Außerdem stank es fürchterlich.

Endlich war die Uralte satt und rülpste zufrieden.

„Ui, ui! Koschej hat also nicht bekommen, was er wollte“, sagte sie dann mehr zu sich selbst, als dass sie sich an ihre Besucherin wandte. „Ist gefährlich, ihn zu reizen, sehr gefährlich.“

Jetzt erst blickte sie die Kinderfrau an und krächzte: „Getrennt hat er, was einig war, vergessen lässt er, was zusammengehörte, gebunden hat er, was frei war.“

„Und … was ist das?“, frage Olga vorsichtig.

Die Baba Jaga kicherte schadenfroh. „Schick mir das hübsche Söhnchen zum Rückenkratzen. Ihm sag’ ich’s vielleicht, wenn’s mir einfällt.“

Nicht viel klüger als zuvor machte sich Olga auf den Rückweg.

Daheim wurde sie ungeduldig von Andrej erwartet. Sie berichtete das Wenige, das sie in Erfahrung gebracht hatte, und sagte, es läge nun bei ihm, der Baba Jaga das Geheimnis zu entlocken.

Zwei Tage wanderte der junge Mann morgens mit Kwas und Piroggen in die Felsenschlucht, kratzte der Baba Jaga den Rücken und tat auch sonst, was sie verlangte. Am dritten Tag fragte er geradezu nach dem, was er wissen wollte.

„Kratz mir nur weiter kräftig den Buckel, Söhnchen. Dort drin ist die Geschichte. Könnte sein, sie kommt dann heraus", krächzte die Baba Jaga und dachte: „Kann lange dauern, sehr lange."

Doch Andrej hatte nicht vor, seine Zeit mit Kratzen zu verbringen.

Am vierten Tag schleppte er statt einer Flasche ein ganzes Fässchen Kwas in die Schlucht. Die Baba Jaga tanzte vergnügt ums Hüttchen, setzte sich schließlich auf die unterste Stufe des Treppchens und beaufsichtigte, während sie trank, den jungen Mann beim Säubern der Hühnerbeine.

„Du hast wirklich Grund, deinen Kummer im Kwas zu ertränken", stichelte Andrej und schrubbte die Krallen der rechten Klaue. „Keiner ist schlauer als der Zauberer Koschej."

„Ein Dummkopf ist er", knurrte die Baba Jaga. „Glaubt, dass niemand weiß, wie etwas vereint, erkannt und entbunden wird."

„Du verstehst dich ja auch nicht drauf", behauptete Andrej und putzte die Krallen der linken Klaue.

„Weiß es wohl!", kreischte die Baba Jaga. „Musst nur ein Holzlöffelchen, eine Vielfarbige und ein Gold-Ei haben!"

„Und – hast du?“, forschte Andrej scheinbar gleichgültig. Tatsächlich dachte er mit Herzklopfen an die Geschenke in seinem Kästchen.

Die Uralte antwortete nicht, grunzte nur verächtlich und leerte einen weiteren Becher Kwas. Sie hatte keine Ahnung, wo sich diese Dinge befanden.

„Was soll's“, bemerkte Andrej geringschätzig. „Mit Löffeln kann man nur essen, Blumen welken und Eier verderben. Ich glaube nicht, dass sie etwas bewirken können.“

„Dummkopf, Dummkopf, Dummkopf!“, keifte die Baba Jaga.

*„Löffelglut lässt Hölzernes brennen.*
*Blütenpracht verhindert Trennen.*
*Goldner Klang durchbricht die Wand.*
*Entbinden vereint. Was war, wird erkannt.“*

„Nie und nimmer ist solch ein Unsinn möglich“, lachte Andrej auf.

„Und doch! Und doch! Und doch!“, schrie die berauschte Baba Jaga, drehte sich wie ein Kreisel und wiederholte dazu den Lösungsspruch. Schließlich sank sie zu Boden und begann zu schnarchen.

Andrej aber eilte stehenden Fußes nach Hause, erzählte Olga, wie er die Uralte überlistet hatte und dachte dann in Ruhe über den schwierigen Lösungsspruch nach.

Als die richtige Zeit gekommen war, hieß er Aljoscha die Pferde anspannen, nahm das Kästchen und entfernte sich wiederum einige Werst weit. Wie beim ersten Mal kehrte er zu Fuß zurück und wartete im Verborgenen, neben sich ein Eisentöpfchen mit Glut, das Olga dort bereitgestellt hatte. Sobald Berjosa sich in eine Birke verwandelt und der Sturm Duschenka in leuchtende Blüten aufgelöst hatte, schlich Andrej mit der Glut in den Garten.

Nicht lange, so trat die Schöne aus dem Birkenstamm hervor und schritt zum See hinunter.

Andrej hockte sich vor die Birke, nahm mit dem Löffelchen Glut auf und schob es in den offenen Stamm hinein. Er legte auch die vielfarbige Blume daneben. Zu seiner Enttäuschung geschah nicht das Geringste. Doch zum Nachdenken blieb keine Zeit. Er hastete zum See hinunter. Dort stand die Schöne bereits im Wasser. Der Schwan legte seine Flügel um sie und war plötzlich nicht mehr zu sehen. Wieder vernahm Andrej die Worte 'getrennt, gebunden, vergessen'. Da zertrat er das golden glänzende Ei und rief:

*„Entbinden vereint. Was war, wird erkannt."*

Hinter ihm krachte es ohrenbetäubend. Er fuhr herum, sah die Birke lichterloh brennen und in sich zusammenfallen. Neben ihm aber fragte eine sanfte Stimme: „Wer bist du?"

Es war das Mädchen aus dem See, doch statt des Hemdes trug es ein reich besticktes Gewand, seine Zöpfe waren zu einem Diadem aufgesteckt und kostbarer Schmuck lag um seinen Hals.

Andrej blickte der Schönen forschend ins Gesicht, das ihm fremd und vertraut zugleich erschien. „Bist du nun Berjosa oder Duschenka?", fragte er und setzte hinzu, er sei Andrej und das müsse sie eigentlich wissen.

„Ich bin Nadeschda, die Tochter des Zaren. Dich habe ich noch niemals gesehen", versicherte die Schöne. „Der Zauberer Koschej verlangte mich zur Frau, aber mein Vater widersetzte sich. Da lauerte der Schreckliche mir im Park auf und schlug mich mit einem Birkenzweig. Mehr weiß ich nicht. Sag' mir, wie bin ich an diesen See gelangt?"

Nun erst ging Andrej der tiefere Sinn der Worte 'getrennt, gebunden, vergessen' auf. Der bösartige Koschej hatte den Körper der Zarentochter zu einer Birke werden lassen, ihre Seele in wirbelnde Blüten aufgelöst und ihre Stimme eingeschlossen. Die auf diese Weise Auseinandergerissene hatte er an feste Plätze gebunden – als Berjosa an Holz, als Duschenka an Blühendes und die Stimme der Zarentochter an die flügelschlagende Lebjotka. Jeder Teil hatte den anderen vergessen.

Selbst wenn sie in gewissen Nächten aufeinandertrafen, erkannten sie sich nicht.

Das und noch mehr erklärte Andrej Nadeschda auf dem Weg ins Haus.

Auch Olga war glücklich, dass die Sache für alle zu einem guten Ende gekommen war.

Aljoscha musste die Kutsche putzen und die Pferde striegeln. Tags darauf traten Andrej und Nadeschda die Reise zum fernen Zarenpalast an. Eine volle Woche waren sie unterwegs, doch den beiden wurde die Zeit nicht lang.

Als sie das Schloss endlich erreicht hatten, verspürte die Zarentochter wenig Lust, sich von ihrem Retter zu trennen und Andrej hatte ja ohnehin schon seit langem vor zu heiraten. Warum also nicht eine Zarentochter?

So kam es schließlich, dass der Nachfolger des alten Zaren von Geburt ein Kaufmann und von Gemüt ein hilfsbereiter Mensch war. Solches aber ist nur hinter dreimal sieben Zarenreichen möglich.

## Die Sumpf-Prinzessin

Zu einer Zeit, in welcher die Dämonen überall in der Welt noch unter den Menschen hausten, lebte in einem ausgedehnten persischen Sumpfgebiet ein Fischer mit seiner Familie. Täglich stakte er auf den Wasserarmen des Sumpfes umher und sah nach seinen Netzen.

Eines Tages hatte sich darin ein halb Ertrunkener verfangen. Der Fischer zog ihn ins Boot und ruderte eilig zu seiner Schilfhütte zurück. Unterwegs kam der Fremde zu sich. Eine Suppe, welche die Frau des Fischers soeben zubereitet hatte, erweckte ihn vollends zum Leben. Dennoch verlor der junge Mann kein Wort des Dankes ob seiner Rettung und starrte nur düster vor sich hin.

Des Fischers älteste Tochter Shejla säuberte das Gewand des Geretteten, hängte es zum Trocknen in die Sonne und bestaunte die darin aufblitzenden Goldfäden.

Am Abend überließ der Fischer dem jungen Mann sein ärmliches Lager und schlief im Boot. Nachts stöhnte der Fremde laut und schlug um sich, als kämpfe er gegen ein Heer von Feinden.

Shejla rüttelte ihn wach.

Auf ihre Frage, was ihm fehle, murmelte er verstört, dass ihm nicht zu helfen sei, schien aber den bösen Traum losgeworden zu sein, denn von da an schlief er ruhig.

Am nächsten Tag setzte der Fischer den Fremden auf festem Land ab. Dieser bedankte sich für die gewährte Unterkunft und fügte hinzu: „Ich würde dir auch für die Rettung meines Lebens danken, wenn ich es nicht längst verloren hätte. Wie ich aus dem großen Fluss in den Sumpf geraten bin, weiß allein Allah!“

„Von einem Menschen wie dir wüsste ich ganz gern den Namen“, sagte der Fischer kopfschüttelnd.

Der Fremde murmelte, er sei Khaled aus Bagdad. Sprach's, wandte sich um und ging seiner Wege.

Viele Male ging die Sonne auf und unter, ehe der Fischer wieder an Khaled erinnert wurde. In einem heißen Sommer, als das Sumpfland austrocknete, die Netze leer blieben und die Familie Hunger litt, erklärte Shejla, sie werde sich nach Bagdad durchschlagen, Khaled suchen und ihn um Hilfe bitten.

Der Vater wollte davon nichts wissen, doch dann ergriff ihn das Sumpffieber. Matt und krank lag er auf seiner Schilfmatte und die Familie fürchtete für sein Leben.

Weil sie sich keinen besseren Rat wusste, steckte die Mutter Shejla heimlich in die Pluderhosen ihres Mannes, verbarg das lange schwarze Haar des Mädchens unter einem Turban und brachte die so Verkleidete bis zur Karawanenstraße. Dort fand sich auch bald ein Kameltreiber, der den vermeintlichen Burschen bis nach Bagdad in seine Dienste nahm …

In der Stadt angekommen, fragte das Mädchen im Händlerviertel vor dem äußeren Stadttor nach Khaled. In jedem Laden kannte irgendeiner einen Mann dieses Namens, doch immer stellte sich heraus – es war der falsche.

Unter solcherlei Umherirren war es dunkel geworden und Shejla wusste nicht, wo sie zur Nacht bleiben sollte. Müde und hungrig irrte sie durch den großen Basar. Wie von ungefähr wurde ihr Blick von einem mit Goldfäden durchwirkten Gewand angezogen.

Hatte Khaled nicht ein ähnliches getragen?

Shejla betrat den Laden. Ein dunkelhäutiger alter Mann eilte ihr entgegen, als habe er sie erwartet. Zu anderer Zeit hätte sie sich darüber gewundert, jetzt aber war sie nur dankbar für die Freundlichkeit des Händlers und bat ohne Scheu um ein wenig zu essen und ein Nachtlager.

„Beides sollst du bekommen, wenn du mir erzählst, was dich nach Bagdad führt", versicherte der Alte.

„Woher weißt du, dass ich hier fremd bin?", staunte Shejla.

„Nun, du bist hungrig, hast kein Dach über dem Kopf und riechst nach dem Staub der Wege", antwortete er lächelnd und führte sie in ein von Öllampen erhelltes Gemach, wo auf einem niedrigen Tisch ein einfaches Mahl stand. Der Händler lud Shejla ein, auf einem Sitzpolster Platz zu nehmen und zuzugreifen.

Während sie aßen, erzählte sie ihm von der Reise, ihrem ärmlichen Leben im Sumpf, dem kranken Vater und zuletzt auch von Khaled.

„Kennst du ihn?“, fragte sie hoffnungsvoll. „Er trug ein Gewand wie das, welches vor deinem Laden hängt.“

„Dann ist er ein vornehmer Mann. Du wirst ihn hier nicht finden. Was willst du von ihm?“

In der Stimme des Alten lag etwas, das Shejla aufhorchen ließ.

„Ich hoffe, er wird als Gegenleistung für die Rettung seines Lebens meiner Familie helfen“, antwortete sie wahrheitsgemäß.

Der Händler nickte, schlug jedoch vor, am nächsten Tag weiter über die Sache zu reden. „Allah hat die Welt auch nicht an einem Tag erschaffen.“ Er lächelte, wies auf ein Lager, das Shejla zuvor nicht bemerkt hatte, und zog sich in den Laden zurück.

Stille breitete sich aus, nur die Öllampen im Gemach knisterten …

Als Shejla am Morgen erwachte, stand eine Wanne mit warmem, wohlriechendem Wasser bereit, dazu alles, was Mädchen für die Pflege ihrer Schönheit benötigten. Sie spülte in diesem wunderbaren Bad Staub und Kamelgestank ab und ordnete anschließend das lange Haar mit einem Silberkamm. Die Schminke beachtete sie nicht, schlüpfte dagegen mit Freude in ein Gewand aus grünem, fließendem Gewebe.

Woran hatte der Händler erkannt, dass sie ein Mädchen war?

Als sie ihn später danach fragte, lächelte er wie am Tag zuvor und sagte, wenn nicht ihre Stimme ihm dies bereits verraten hätte, so doch ihre Hände, die für einen jungen Mann viel zu klein seien.

„Heute will ich dir auf deine gestrige Frage antworten“, fuhr er fort. „Ja, ich kenne Khaled, aber es wird schwierig sein, zu ihm vorzudringen. Er ist der jüngste Sohn des Kalifen.“

Shejlas Überraschung währte nur ein paar Wimpernschläge, dann sagte sie, sie werde sich im Palast als Pferdeknecht verdingen. „Mit Kamelen kann ich schließlich schon umgehen.“

Der Händler winkte ab. „Du kämest nicht einmal durch das Tor in der mittleren Mauer. Die Torhüter durchsuchen jeden, der Eintritt begehrt, und werden schnell erkennen, dass du ein Mädchen bist. Du landest bei den Palast-Sklavinnen und siehst den Sumpf niemals wieder.“

„Dann warte ich, bis Khaled ausreitet und werfe mich vor sein Pferd.“

Wieder winkte der Händler ab. „Schon seit Monden hat kein Bewohner Bagdads den Prinzen zu Gesicht bekommen. Man sagt, er leide an Schwermut und habe sogar versucht, seinem Leben ein Ende zu setzen. Du weißt, dass dies der Wahrheit entspricht.“

Shejla dachte an die düstere Miene des Prinzen und an seinen unruhigen Schlaf. „Gibt es denn keine Heilung für ihn?“

Der Händler erwiderte, dies sei eine Krankheit, die kein Arzt vertreiben könne. Dafür bedürfe es anderer Mittel. Er schien genau zu wissen, welche dies waren. Also fragte Sheila ihn und versicherte, sie sei bereit, dem Prinzen zu helfen, ganz gleich, wie schwierig es sein werde.

„Eile mit Weile“, dämpfte der Händler ihren Eifer. „Erst einmal muss Khaled zum Reden gebracht werden. Hilfe ist für ihn nur möglich, wenn er ausspricht, was ihn bedrückt.“

Er reichte Shejla eine Burka aus durchscheinendem Gewebe, die nur einen Sehschlitz für die Augen besaß. „Wirf sie über und niemand wird dich wahrnehmen“, gebot er. „Auf diese Weise gelangst du durch die Tore der mittleren und inneren Mauer bis in den Palast. Dort wirst du den Prinzen schon finden. Gewinne sein Vertrauen, dann sehen wir weiter.“

Shejla schlüpfte unter die Burka und der Alte nickte ihr aufmunternd zu. „Nun geh und sei ohne Furcht.“

Sie wagte nicht zu fragen, wie es sein könne, dass er sie sähe, während er doch versichert habe, sie werde für jedermann unsichtbar sein.

Mühelos schritt sie nun durch die Menschenmenge und erreichte das Tor der äußeren Mauer, das tagsüber für jedermann offen stand.

Shejla hielt sich nicht mit dem Betrachten der Gebäude und Gärten auf, sondern schritt auf der breiten Straße dahin, die zum mittleren Mauertor führte.

Dahinter befand sich die Armee des Kalifen, welche die innere Mauer und den Palast bewachte. Soeben wurde das schwere Portal für eine Schar Berittener geöffnet.

Shejla drückte sich an den Reitern vorbei und eilte weiter bis zur inneren Mauer. Deren großes vergoldetes Tor wurde nur für den Kalifen und dessen Söhne aufgetan. Daneben aber gab es eine kleinere Pforte, durch die der Torhüter just einen hohen Beamten samt Begleiter einließ. Mit diesen gelangte Shejla in den Hof des Palastes.

Entschlossen trat sie durch eins der Portale, die das weiträumige Geviert umgaben, und erreichte nach einigem Umherirren einen kleinen Garten, in welchem ein Brunnen plätscherte und ein Kuppelhäuschen zum Ruhen einlud. Weit und breit war niemand zu sehen.

Schon wollte Shejla umkehren, da vernahm sie Schritte, wandte sich um und erblickte Khaled. Aber wie sehr hatte er sich verändert! Sein Gesicht war fahl und die Augen lagen tief in den Höhlen. Er wankte an ihr vorbei, hinein in das Kuppelhäuschen.

Shejla folgte ihm nach kurzem Zögern.

Der Prinz ruhte mit geschlossenen Augen auf einem kostbar ausgestatteten Lager. Sie rief ihn beim Namen – er rührte sich nicht. Da setzte sie sich zu ihm und ergriff seine Hand. So saß sie den ganzen Tag. Erst gegen Abend verließ sie den Schlafenden. Sicher gelangte sie durch das innere und mittlere Tor bis zurück in den Laden des Händlers.

Der empfing sie mit ernstem Gesicht. „Verschenk nicht deine Zeit, Mädchen! Du hast nur noch einen Tag, um Khaled zum Reden zu bringen."

„Oh, Allah!", dachte Shejla. „Wie kann der Alte wissen, dass ich gar nicht ernstlich versucht habe, den Prinzen zu wecken?"

Sie schlief wiederum auf dem weichen Lager, badete am Morgen und machte sich erneut auf den Weg in den Palast. Ohne Schwierigkeiten gelangte sie bis zum Kuppelhäuschen, warf die Burka ab und wartete auf Khaled.

Der Prinz beachtete sie erst, als sie ihn beim Namen rief, aber er erkannte sie nicht.

„Ich bin müde", murmelte er. „Geh zurück in die Gemächer der Frauen und lass mich schlafen."

„Ich bin keine Palastdame, sondern gekommen, um dir zu helfen", erklärte Shejla. „Erzähl mir doch, was dich bedrückt."

„Ich bin müde", wiederholte Khaled. „Ich will nicht reden." Er ließ sich auf das Ruhelager fallen und schloss die Augen,

„Im Namen Allahs, dann bleib mit deinen Dämonen allein", rief Shejla ärgerlich. Ein anderer schien ihr diesen Satz in den Mund gelegt zu haben, denn niemals hätte sie gewagt, einen Prinzen so unehrerbietig anzuschreien.

Der Ausruf bewirkte Wunder.

Khaled richtete sich auf, sein Blick wurde klar und dann brach es aus ihm heraus wie ein Wasserfall.

„Vor einigen Sommern jagte ich allein und schoss auf eine Hyäne. Sie verwandelte sich in eine riesige, scheußliche Dämonin, die mich packte und zu erwürgen drohte. Ach, hätte sie es doch getan! Stattdessen versprach sie mir das Leben, wenn ich ihr zu Diensten sei. In meiner Furcht vor dem Tod ging ich darauf ein. Seither befinde ich mich jede Nacht in ihrem Haus, wo sie mich zum Ergötzen ihrer ebenso schrecklichen Freundinnen gegen dämonische Bestien zum Kampf antreten lässt. Sie zerfleischen mich völlig, dennoch erwache ich morgens unversehrt in meinen Gemächern und die Sklaven, die mich bewachen, versichern, ich hätte geschrien und um mich geschlagen, aber zu keiner Zeit das Lager verlassen.

In diesem Kuppelhäuschen schlafe ich tagsüber in maßloser Erschöpfung, bis mich eine Macht, der ich nicht zu widerstehen vermag, in meine Gemächer zurücktreibt. Dann befinde ich mich wieder im Haus der Dämonin und die Qual beginnt erneut. Anfangs habe ich erfolglos versucht, meinem Leben ein Ende zu setzen. Einmal stürzte ich mich in den großen Fluss und wurde von einem Fischer aus dem Sumpf gezogen. Der Mann meinte es gut, aber ich brachte es nicht fertig, ihm für die Rettung zu danken."

Erschöpft hielt Khaled inne. Nach einer Weile setzte er leise hinzu: „Nun, da du meine Geschichte kennst, wirst du einsehen, dass mir niemand helfen kann."

Shejla berührte mitfühlend die Hand des Prinzen. „Halte noch ein wenig durch", tröstete sie. „Ich kenne einen weisen Mann, der Rat schaffen wird."

Sie warf die Burka über und war augenblicklich unsichtbar. Khaled aber glaubte, er sei soeben aus einem schönen Traum erwacht und sank seufzend auf sein Lager nieder …

Shejla eilte zurück in den Basar und erzählte dem Händler, was der Prinz ihr berichtet hatte. Der Alte dachte ein wenig nach.

„Bist du noch immer bereit, den Kalifensohn von seiner Qual zu befreien?“, fragte er dann eindringlich. Shejla nickte.

„So wirst du morgen viel Mut brauchen, denn du musst dich ins Haus der Dämonin begeben.“ Er zog ein schwarzes Döschen aus seinem Gewand. „Darin befindet sich der gemahlene, mit Asche vermischte Knochen einer Hyäne. Misch dieses Pulver der Dämonin in den Dattelwein. Es wird sie für einige Zeit betäuben. Sobald der Trank wirkt, schneide ihr ’im Namen Allahs’ das Haar ab und bring es, so schnell du vermagst, zu Khaled. Er muss es verbrennen, die Überreste in das Behältnis füllen, es ’im Namen Allahs’ verschließen und in den großen Fluss werfen. Merke wohl, nur er selbst darf es tun!“

Shejla versprach, alles genau zu befolgen.

Am nächsten Morgen brachte der Händler das Mädchen zum Haus der Dämonin. „Was immer du sehen wirst“, warnte er, „verbirg deinen Abscheu. Schmeichle ihr, dann wird sie keinen Verdacht schöpfen. Und vergiss nicht, im rechten Augenblick Allah anzurufen, denn sein Wille ist es, dass dem Treiben der Dämonin Einhalt geboten wird.“

Shejla warf die Burka über, nahm allen Mut zusammen und schlug mit der Faust ans Tor. Von drinnen vernahm sie ein Geräusch, das dem Poltern von Steinen glich. Dann wurde das Portal aufgerissen und sie stand einem riesigen Weib gegenüber, dessen mit Warzen übersätes Gesicht in dümmlicher Verblüffung erstarrte, als es niemand wahrnahm.

Erst jetzt schlug Shejla die Burka zurück und wurde dadurch teilweise sichtbar.

„Beim Vater aller Dämonen!", grunzte das riesige Weib erstaunt. „Wer bist du, halber Winzling?"

Auf diese Frage war Shejla nicht vorbereitet. Aber hatte der Händler nicht gesagt, das Scheusal sei eitel und leicht zu täuschen? „Ich bin der Schutzgeist einer Sumpf-Prinzessin, der euch verehrt", flüsterte sie und verneigte sich ehrerbietig.

Diese Geste der Demut sowie die nicht völlige Sichtbarkeit verfehlten ihre Wirkung nicht. Die Dämonin grinste gnädig und trat ein wenig beiseite.

Shejla betrachtete dies als Einladung und betrat den Innenhof des Hauses, in dem ein riesiger Eisenkäfig stand. Sicherlich fanden darin die nächtlichen Kämpfe des Prinzen mit den Bestien statt. Überall türmten sich Unrat und Abfälle, es stank widerlich nach verfaultem Fleisch. In den Räumen sah es noch schlimmer aus. Shejla gebärdete sich jedoch, als gefiele ihr alles ausnehmend.

Die Dämonin grinste erneut gnädig und forderte den Gast auf, die Burka vollends abzulegen.

Aber Shejla war auf der Hut und erklärte, die Burka werde sich in Wasser auflösen und das Anwesen überschwemmen, sobald sie ihr von den Schultern glitte.

Entsetzt wehrte die Dämonin ab. Sie schien Wasser außerordentlich zu fürchten. „Was führt dich zu mir?“, fragte sie dann neugierig.

„Oh, ich hörte, du feierst des Nachts mit deinen Freundinnen fröhliche Feste“, schmeichelte Shejla. „Ich möchte gern einmal dabei sein. Es geschieht so wenig Aufregendes im Sumpf.“

Das Warzengesicht der Dämonin verzog sich zu einer eitlen Fratze. „Du kannst gern dableiben und mithalten.“ Sie lachte gönnerhaft und prahlte ausführlich mit all den Scheußlichkeiten, die Khaled nur angedeutet hatte.

Schließlich wuchtete sie einen Krug auf den klobigen Tisch, füllte zwei schmutzige Becher mit Dattelwein und lud den Gast zum Trinken ein. Schaudernd nahm Shejla einen winzigen Schluck, während die Dämonin den Becher in einem Zug hinunterstürzte, nachschenkte und erneut trank.

Shejla nutzte die Gelegenheit und schüttete das Pulver in den Krug, der nur noch wenig Wein enthielt. Wohlig grunzend tank das abscheuliche Weib auch diesen Rest, sackte zusammen und fiel vom Schemel zu Boden.

Unverzüglich machte Shejla sich ans Werk, ergriff eines der umherliegenden Messer, rief: „Im Namen Allahs!“, schnitt der Dämonin die verfilzten Strähnen vom Schädel und verließ wie von Hunden gehetzt die stinkende Behausung.

Am Tor jedoch erreichte sie den Riegel nicht und nirgendwo gab es eine Leiter. Da fiel ihr der Schemel ein …

Shejla legte den Haarfilz ab, lief ins Haus zurück, schleifte ihn nach draußen und stieg hinauf. Nach langem Zerren gab der Riegel endlich nach.

Sie raffte den Haarfilz zusammen, schloss die Burka und rannte, so schnell die Füße sie trugen, zum mittleren Stadttor. Vergeblich hoffte sie, es werde sich – wie an den Tagen zuvor – zufällig öffnen.

Schließlich schlug sie an das Portal.

Von drinnen fragten barsche Männerstimmen, wer Einlass begehre.

„Ein Bote für den Kalifen“, rief sie mit verstellter Stimme.

Ein Torflügel bewegte sich knarrend in den Angeln, zwei Torhüter traten mit gezogenem Säbel heraus und hielten Ausschau. Hinter ihrem Rücken drückte Shejla sich durchs Portal, blieb an einer Verzierung hängen und die Burka bekam einen Riss. Sie bemerkte es nicht.

Auch vor dem inneren Tor begehrte niemand Einlass.

Noch einmal wagte Shejla nicht, sich durch Rufen bemerkbar zu machen und so verging kostbare Zeit. Endlich öffnete sich die Pforte, ein Würdenträger wurde hinausgelassen und sie schlüpfte in den Hof des Palastes.

Wie lange war es her, seit sie das Haus der Dämonin verlassen hatte?

Wie lange würde deren Betäubung andauern?

Darüber hatte der Alte nichts gesagt.

Ohne weiteren Aufenthalt erreichte Shejla das Kuppelhäuschen, in dem Khaled wie ein Toter auf dem Lager ruhte. Sie ließ den Haarfilz fallen, entledigte sich der Burka, rüttelte und schüttelte ihn, rief ein um das andere Mal seinen Namen – aber es gelang ihr nicht, ihn zu wecken.

„Im Namen Allahs, wach doch auf!“, bat sie zuletzt verzweifelt.

Da öffnete der Prinz die Augen, erblickte Shejla und schrie verwirrt laut auf.

„Sei leise!“, beschwor sie ihn. „Wir brauchen Feuer. Frag nicht, warum! Das hat Zeit bis später.“ Sie wies auf den Haarfilz. „Zünde das da an!“

Schlaftrunken kam Khaled der Aufforderung nach und schlug Feuer. Das Haar loderte auf, als sei es mit Öl getränkt. Beißender Gestank breitete sich aus. Bald war nur noch ein dunkler, zäher Klumpen übrig.

Nun reichte Shejla dem Prinzen das Döschen. „Füll die Überreste hinein und sprich dazu – Im Namen Allahs! – sobald du den Deckel zudrückst.“

Khaled tat wie ihm geheißen. Der Verschluss schnappte mit hellem Klicken ein und das Behältnis verwandelte sich in eine schwarze Kugel.

„Jetzt auf schnellstem Weg in den großen Fluss damit!“, befahl Shejla.

Der Prinz kannte zwar den kürzesten Weg, war aber so geschwächt, dass sie nur langsam vorankamen. Das Ufer wurde bereits sichtbar, als sie hinter sich langgezogenes Heulen hörten, das sich rasch näherte.

Das Mädchen wandte sich um und erblickte den struppigen Schädel der Dämonin auf dem Körper einer Hyäne, die zum Sprung auf den Prinzen ansetzte.

„Lauf!“, schrie Shejla Khaled zu. „Lauf, in Allahs Namen! Sonst war alles umsonst!“

Die Angst, erneut der Dämonin ausgeliefert zu sein, verlieh dem Prinzen ungeahnte Kraft. Wie ein Pfeil schoss er dem Ufer zu und warf die Kugel in hohem Bogen in den Fluss. Dort, wo sie im Wasser versank, stieg eine schwarze Wolke auf.

Das langgezogene Heulen verstummte, der Hyänenkörper der Dämonin schrumpfte und übrig blieb ein hässliches, riesiges, uraltes Weib, welches grimmige Verwünschungen gegen das Mädchen ausstieß und hinkend davonschlurfte.

Shejla fand Khaled am Ufer des Flusses stehend, ein erlöstes Lächeln auf dem Gesicht. Gemeinsam gingen sie ins Kuppelhäuschen zurück. Dort erzählte das Mädchen dem Prinzen, wie es nach Bagdad gekommen war und dass er die Rettung vor der Dämonin einem alten Händler zu verdanken habe.

„Aber ohne dich und deinen Mut wäre dies dennoch nicht möglich gewesen“, sagte Khaled. „Was du auch wünschest, du sollst es erhalten.“

Shejla verneigte sich dankbar. „Dann hilf der Familie des Fischers, der dich einst rettete. Sie leidet große Not, denn der Sumpf ist ausgetrocknet und der Fischer selbst ist todkrank. Mehr verlange ich nicht von dir.“

Sie warf die Burka über und verließ das Kuppelhäuschen.

Ohne besondere Eile schritt sie durch den Garten, verhielt den Schritt im weiträumigen Hof des Palastes, folgte zögernd einem Sklaven, der durch die Pforte der inneren Mauer hinausgelassen wurde, und verweilte unschlüssig in der Nähe des mittleren Tores. Schon zweimal waren Berittene heraus- und hineingelassen worden, aber sie hatte sich nicht entschließen können, das Portal zu durchschreiten.

Worauf wartete sie denn? Alles war getan!

Entschlossen folgte Shejla schließlich dem nächsten Reitertrupp, lief vorbei an weißen Häusern und Gärten und strebte bereits dem äußeren Tor zu, als sie hinter sich den Hufschlag eines Pferdes vernahm. Sie trat ein wenig beiseite, um den Reiter vorbeizulassen. Da fuhr ein plötzlich aufkommender Wind in den Riss der Burka, blähte sie auf und ein Teil ihres grünen Gewandes wurde sichtbar.

Der Reiter zügelte sein Pferd, sprang ab und griff nach dem schimmernden Gewebe. Etwas sagte ihm, dass er das Mädchen, das er suchte, gefunden hatte.

„Ich weiß nicht einmal deinen Namen!“, rief Khaled und blickte dorthin, wo er das Gesicht seiner Retterin vermutete.

„Ich heiße Shejla und der kranke Fischer ist mein Vater“, erwiderte sie. In diesem Augenblick riss der Wind die Burka vollends auf und trug sie mit sich davon.

„Verlass mich nicht, Shejla“, bat Khaled. „Mein Vater wird dich zur ‚Prinzessin vom Herrlichen Sumpf‘ ernennen. Werde meine Frau.“

„Das war es, worauf du gewartet hast“, flüsterte eine Stimme aus dem Wind, die nur Shejla vernahm. Und am raschen Klopfen ihres Herzens erkannte sie, dass dies der Wahrheit entsprach.

Prinz Khaled setzte das Mädchen nun vor sich aufs Pferd und ritt mit ihm zum großen Basar, um dem Händler für dessen Hilfe zu danken. Doch sie fanden weder ihn noch seinen Laden …

Ganz Bagdad feierte kurz darauf die Hochzeit des jüngsten Kalifensohnes mit der ’Prinzessin vom Herrlichen Sumpf’.

Shejlas Vater genas unter der Obhut eines guten Arztes und wurde zum Oberaufseher aller Fischteiche des Kalifen ernannt. Die Familie führte von da an in der Nähe von Bagdad ein Leben in Wohlstand.

Bis auf den heutigen Tag aber ruht im Schlamm des großen Flusses eine schwarze Kugel, in welcher ein Stück böse Macht sicher eingeschlossen ist, weil – dank Allahs Güte und Erbarmen – der Fluss nie austrocknen wird.

## Die Unterbelichtung

In den Weiten des großen Ozeans liegt auf einer Insel das Königreich Selenien – so erzählen es jedenfalls die alten Leute. Und die wussten es von Seefahrern, denen es wiederum von anderen Seeleuten erzählt wurde.

Jedenfalls – im Königreich Selenien geschah eines Nachts Sonderbares. Der Vollmond verschwand vom Himmel, kein Morgen dämmerte und es gab nicht einen Fetzen Tageslicht. Anfangs nahm niemand die anhaltende Dunkelheit tragisch – in diesem Reich geschah manches, das anderswo Aufsehen erregt hätte. Doch die Zeit verstrich, ohne dass die Finsternis weichen wollte.

Viele Selenier versuchten, die unterbelichtete Insel zu verlassen, gerieten jedoch in einen dichten Nebel und als sie glaubten, ihn durchschifft zu haben, befanden sie sich wieder im einzigen Hafen des Reiches.

Schließlich war es sogar dem König, der unangenehme Dinge gern verschlief, zu lange finster. Er trommelte seine Minister zusammen.

Sie stolperten – mit Laternen versehen – durch die düsteren Gänge des Schlosses bis zum Ratssaal, in dem es – trotz der vielen Kerzen – auch nicht besonders hell war.

Nachdem alle am runden Beratungstisch sehr geräuschvoll Platz genommen hatten, trat ebenso tiefe Stille ein.

Erwartungsvoll blickte der König in die Runde, denn er hielt es für selbstverständlich, dass seinen Ministern ein Ausweg aus diesem finsteren Zustand einfallen werde. Wofür erhielten sie schließlich monatlich ihr Geld?

Doch alles, was er zu hören bekam, war Kerzenknistern.

Also machte er auf seine Art Nägel mit Köpfen und befahl dem 'Minister für alles Mögliche': „Sorge dafür, dass es wieder hell wird in Selenien. Das fällt in deinen Aufgabenbereich!"

Der königliche Beamte verwahrte sich energisch gegen dieses Ansinnen und erwiderte, er sei Minister für Mögliches, nicht für Unmögliches.

Sein hochwohlgeborener Chef indessen fegte den unbequemen Einwand vom Tisch – wie auch sonst üblich – und stellte ihm als Lohn für die Lösung des Problems die Heirat mit seiner ältesten Tochter in Aussicht.

Genau das hatte der Minister befürchtet! Jeder wusste, dass der König seit Jahren vergeblich versuchte, die Prinzessin an den Mann zu bringen. Leider war mit ihr wenig Staat zu machen. Auf ihrer Stirn leuchtete ein feuerroter Fleck, der einem liegenden Halbmond sehr ähnlich sah. Ja, wenn der König zu der Prinzessin noch das halbe Königreich dazugegeben hätte, dann wäre vielleicht etwas zu machen gewesen, aber so ...

Um der wenig verlockenden Heirat zu entgehen, brauchte der Minister also nur erfolglos in seinem Bemühen sein. Das wiederum ließ nun sein Ehrgeiz nicht zu, daher versprach er schließlich doch, alles Mögliche für die Wiederherstellung normaler Lichtverhältnisse zu tun. Notfalls konnte er ja die Belohnung in aller Bescheidenheit ablehnen.

Daheim tastete er sich er als erstes mit der Lampe zu Bett: Morgen war auch noch eine Nacht …

Ihm träumte, er spaziere bei Vollmond in den Tempel der Göttin Selene, von der das Reich seinen Namen hatte. Das Heiligtum lag vor den Toren der Stadt – bei Licht ein wunderschöner Spaziergang, in der Finsternis ein halsbrecherisches Unternehmen.

Aber wie gesagt – im Traum war ja Vollmond. Nur leider nicht lange, denn plötzlich erschien eine riesige schwarze Hand am Himmel und löschte die runde Himmelsleuchte samt Sternen aus. Augenblicklich stolperte der Minister und … fuhr erschrocken aus seinen Kissen auf.

Erleichtert stellte er fest, dass er keineswegs in seinem viel zu kurzen Nachthemd auf der Straße unterwegs war, sondern schwitzend im Bett lag. Nach angestrengtem Grübeln erkannte er den Traum, in dem es so raffgierig zugegangen war, als Hinweis, wohin er sich hilfesuchend zu wenden habe. Also stolperte er ein paar Stunden später in seiner Gala-Uniform mit schwelender Fackel durch die Finsternis zu besagtem Heiligtum. Einige Male geriet er dabei auf Abwege, aber schließlich war er am Ziel.

In der Halle kannte er sich aus, umging sogar mit nachtwandlerischer Sicherheit in großem Bogen die klappernde Marmorplatte an der Wand, hinter der es nicht ganz geheuer sein sollte.

Die göttliche Dame auf dem Marmorsockel erwartete ihn bereits.

Der silberne Halbmond auf ihrer Stirn glitzerte ungeduldig im Fackelschein. „Es gibt nur eine Möglichkeit, den Mond für Selenien zurückzuholen“, erklärte sie mit dumpfer Statuenstimme. „Sag der Schönen: Die Zeit ist da!“

Der Minister würgte den Angstfrosch in seiner Kehle hinunter und fragte Ihre Göttlichkeit in aller Ergebenheit, wer denn die unbekannte Schöne sei.

Da erfuhr er doch – Potz Blitz! – dass die Göttin just die älteste Tochter des Königs meinte. Nur sie eigne sich für den Abstieg ins Schattenreich des Hades, wo die Himmelsleuchte gefangen vor sich hinglimme, röhrte Göttin Selene heiser. Offenbar blieben auch die Himmlischen von Schnupfen und Heiserkeit nicht verschont.

Auf die vorsichtige Frage des Ministers, was der Totengott denn um des Himmels willen mit dem alten Mondgesellen anstellen wolle, erhielt er die bestürzende Nachricht: Hades habe gedroht, sich auch noch die Sonne zu holen, wenn Zeus ihm nicht endlich ein wenig Licht für die Unterwelt bewillige. Man sehe dort nicht einmal die Hand vor den Augen.

Oh, ja! Den Zustand konnte der Minister inzwischen nachempfinden – die Hand nicht vor den Augen und die Buchstaben nicht auf den Staatsakten erkennen. Aber dass Hades jetzt erst – nach so vielen Jahrtausenden – merkte, wie finster es da unten war!

Göttin Selene war noch nicht fertig mit ihrer Geschichte.

Besorgt beäugte der Minister die heruntergebrannte Fackel und rechnete sich im Stillen aus, wie schnell er auf dem Heimweg vorankommen müsse, damit er sich nicht die Finger verbrannte.

„Du hörst mir nicht zu!“, beklagte sich Selene verschnupft.

„Doch und wie!“, versicherte der Minister. „Hades will die Sonne klauen!“

Die Göttin flüsterte: „Also – um die Sonne zu schützen, ist dem Allgewaltigen nichts anderes übriggeblieben, als erst einmal völlige Verdüsterung über die Insel zu verhängen, denn in Selenien befindet sich das einzige Tor zum Reich des Totengottes, durch welches der prächtige Glutball hindurchgequetscht werden kann. Keine Sonne am Himmel, kein Raub möglich!“

„Und keine Feuergefahr für das Königreich“, dachte der Minister erleichtert. „Besser ewige Finsternis als Feuer unterm Hintern!“

Weil die Göttin nun schwieg und der Halbmond auf ihrer Stirn das Glitzern einstellte, betrachtete der königliche Beamte die göttliche Vorladung als beendet, tastete sich ehrerbietig rückwärts aus dem Tempel und machte sich mit seinem Fackelstumpf auf den Heimweg.

Inzwischen war es – nach der Sanduhr zu urteilen – Morgen.

Der Minister frühstückte und tappte mit der Laterne ins Schloss. Fackeln waren wegen der Rauchentwicklung innerhalb der Stadt verboten.

Der König empfing den 'Minister für alle Mögliche' noch im Nachthemd und im Bett, hörte sich die Entführungsgeschichte kopfschüttelnd und auch ein wenig schadenfroh an: Wenn schon die Götter im Himmel und unter der Erde nicht miteinander klarkamen, brauchte er sich nicht dafür rechtfertigen, dass im kleinen Selenien vieles schief lief!

Er ließ seine Älteste rufen und der Minister wiederholte, was ihm die Göttin aufgetragen hatte. Zu seinem Erstaunen nickte die Prinzessin, als habe sie längst für diesen Auftrag in den Startlöchern gestanden.

Weil es ohnehin dunkel war, verzichtete sie auf den verhüllenden Schleier und eilte leichtfüßig, als sei heller Tag, zum Heiligtum der Selene. Der Minister hielt sich vertrauensvoll an ihrer ausgestreckten Hand fest.

Im Tempel trat die Prinzessin ohne Scheu vor die göttliche Statue und murmelte Unverständliches. Da begann das Mal auf ihrer Stirn zu leuchten und zu blitzen und auch sonst wurde das königliche Mädchen um einiges majestätischer. Der Minister hätte dumm sein müssen, wenn ihm nicht aufgegangen wäre, dass er es nicht länger mit der Prinzessin, sondern mit der Göttin persönlich zu tun bekam.

Au weia! Und er hatte keine Gala-Uniform an!

Wenigstens leuchtete Selene von innen heraus – ein Licht in der Finsternis! Sie führte ihn auf unbekannten Wegen zu einem niemals bemerkten gewaltigen Krater, knotete ihm ein Seil um die Brust – wo hatte sie das nur her? – und befahl ihm, die Augen zu schließen.

Dem Minister wurde mulmig. Er hatte nicht damit gerechnet, dass er bei der Rettungsaktion für den Mond die Hauptrolle spielen sollte.

„Was auch geschieht, verhalte dich still und schau nicht in die Tiefe, sonst ist es um dich geschehen“, warnte die Göttin eindringlich.

Gleich darauf verlor er den Boden unter den Füßen und fühlte, dass er kopfunter über dem Abgrund schwebte. Oh! Das Gefühl, hilflos irgendwo herumzuhängen, war ihm in seiner Ministertätigkeit aufs Schlimmste vertraut!

Das Seil um seine Brust straffte sich – die Göttin glitt daran in die Tiefe hinunter. Zeus allein wusste, wo sie es befestigt hatte und wie es kam, dass sie ihn nicht mit in die Tiefe riss.

Plötzlich stieg dem Minister bestialischer Gestank in die Nase – da war wohl die Pforte zum Totenreich aufgegangen. Nun gellte ihm auch noch schauriges Kampfgeheul in den Ohren. Meine Güte!

Der Minister kniff die Augen fester zusammen und brüllte gleichfalls aus Leibeskräften. Das war ein Fehler, denn er fiel wie ein Stein in den Abgrund, mitten hinein in den Gestank und das Heulen.

So war es immer: Wenn die Götter sich in die Haare gerieten, traf es auch die Unschuldigen! Eine gewaltige Kraft warf ihn hin und her und schleuderte ihn schließlich wieder nach oben. Was stellten die da unten bloß an?

Vielleicht sollte er doch mal … nur ein bisschen …hinschielen …

Brennende Nässe klatschte dem Minister ins Gesicht und der Wunsch verging ihm, die Augen zu öffnen. Etwas Schweres strebte am Seil aufwärts und schnürte ihm die Luft ab. Gleich darauf wälzte sich eine zähe Masse über ihn. In Panik riss er die Augen auf und wurde von gleißendem Licht geblendet.

„Bei allen Göttern, jetzt bin ich tot!“, dachte er bedauernd und verlor das Bewusstsein.

Als der Minister zu sich kam, leuchtete der Vollmond am Himmel.

Ungläubig blickte er um sich – der riesige Krater war verschwunden, er selbst saß auf festem Grund. Eilig raffte er sich auf.

Ein wenig abseits wartete die Prinzessin. Das Mondlicht fiel auf sie und der Minister starrte überrascht auf ihre makellose Schönheit – kein hässlicher roter Fleck auf der Stirn, also kein Grund mehr, eine Vermählung auszu ...

„Ich denke, 'der Minister für alles Mögliche' ist nicht scharf darauf zu heiraten?“, spottete die Schöne, noch ehe er den Gedanken zu Ende bringen konnte. „Schade, ich kenne mich nämlich ein wenig im Unmöglichen aus, von daher hätten wir uns gut ergänzt.“

Der Minister verteidigte sich denkbar ungeschickt, indem er beteuerte, er habe grundsätzlich keine Sonderbelohnung haben wollen, denn er sei nicht bestechlich. Es sei ihm einzig um die Wiederherstellung der Lichtverhältnisse im Reich Selenien gegangen.

Dazu lächelte die Prinzessin nur vielsagend, wandte sich um und schlug den Weg zur Stadt ein. Schwebte sie dahin oder bildete sich der Minister das nur ein?

Der langen, erzwungenen Nacht folgte ein bemerkenswerter Tag, an dem Mond und Sonne gemeinsam am Himmel standen, denn die Belichtungszeiten waren durcheinandergeraten.

Natürlich wollte der König den genauen Hergang der Ereignisse wissen, aber da zuckte die Prinzessin die Schultern und erklärte, sie könne sich an rein gar nichts erinnern.

Natürlich erzählte der Minister alles Mögliche, das war schließlich seine Aufgabe, und selbstverständlich schwieg er sich über das Unmögliche aus, das er wirklich erlebt hatte, denn dafür war er nicht zuständig. So kam es, dass die Ereignisse um die Mondrettung für immer im Dunkeln blieben.

Wie nicht anders zu erwarten, nahm der Minister die zugesagte Belohnung nun doch an. Wer lässt sich schon eine heimliche Göttin entgehen? Und außerdem fällt Heiraten nicht unter Beamtenbestechung.

Ach ja! Was die Forderung des Hades betrifft: Vermutlich billigte Zeus ihm für seine unterbelichtete Schattenwelt nun doch eine angemessene Helligkeit zu, denn der Mondraub wiederholte sich nicht.

Wo im Ozean mag denn dieses Selenien nur liegen?

## Die Ausreißerin

Es war einmal eine Prinzessin, die sich schrecklich langweilte.

Prinzen aus bestem Haus hatten beim König um ihre Hand angehalten, aber die Prinzessin schickte sie alle zum Teufel.

Der König seufzte, das Mädchen wisse nicht, was es wolle, und die Königin bemerkte bissig: „Na, da geht es ihr wohl wie dir! Heute verlangst du von deinen Untertanen dies und morgen das Gegenteil. Kein Wunder, dass im Reich alles drunter und drüber geht."

Während die Eltern sich die Zeit mit nutzlosen Streitereien vertrieben, las die Prinzessin heimlich und mit Vergnügen einen Abenteuerroman, den sie der Kammerzofe aus der Kleidertruhe gestohlen hatte.

Ja! Das war Leben, wie sie es sich vorstellte! Die Bösen kriegten in der Geschichte ihre Strafe, die Guten ihren Lohn und nie wurde es auch nur einen Augenblick langweilig.

Was hatte sie hier im Schloss bei Tellern mit Goldrand und Weingläsern aus kostbarem Kristall noch verloren? Nichts wie weg!

Natürlich brauchte die Prinzessin für ihr eigenes Abenteuer Geld.

Dummerweise trug der König den Schlüssel zur Staatskasse tagsüber in der Hosentasche und nachts legte er ihn unters Kopfkissen. Doch wenn er erst einmal eingeschlafen war, weckte ihn kein Kanonendonner, schon gar nicht die vorsichtig tastende Hand seiner Tochter …

Mit dem Schlüssel war dann alles nur ein Kinderspiel!

Nach einem tiefen Griff in die Staatskasse schlich die Prinzessin in die Kleiderkammer für Bedienstete und suchte sich die nötige Verkleidung zusammen – natürlich kein Kleid mit Reifrock, sondern das Gewand eines einfachen Boten, schon deshalb, weil die dazugehörende Kopfbedeckung so gut aussah. Dann schnitt sie sich die altmodischen Zöpfe ab, schulterte den Ranzen mit der Unterwäsche zum Wechseln und huschte in den Pferdestall.

Leise, leise stieg sie über knisterndes Stroh …

Aber die Vorsicht erwies sich als unnötig – der Stallmeister schnarchte betrunken im Hafer und den Pferden war es egal, wer nachts im Stall spukte.

„Komm, Harro! Es geht hinaus in die weite Welt“, flüsterte die Prinzessin ihrem schwarzen Ross ins Ohr und das schnaubte freudig. Für Dummheiten hatte es immer etwas übrig, erst recht wenn der Ritt nicht – wie sonst üblich – am königlichen Fischteich endete.

Aufs Reiten verstand sich die Prinzessin ausgezeichnet, deshalb gelang Harro auch der vom König streng verbotene Sprung über die Hecke des Parks ohne Schwierigkeiten. Und los ging's!

Die Ausreißerin ritt die Nacht hindurch immer Harros Nase nach und der erreichte gegen Morgen ein Städtchen.

Der junge Reiter – noch dazu ein königlicher Bote, wie am Barett zu erkennen – erschien den Torwächtern unverdächtig. Aber Dienst ist Dienst, daher verlangten sie barsch: „Ausweis!“

Nun war die Prinzessin zwar jung, aber nicht dumm.

Die Botenausweise lagen auf dem Schreibtisch des Vaters offen herum und die königlichen Stempel daneben, denn – wie die Königin schon gesagt hatte – es ging so manches im Reich drunter und drüber. Nach dem Griff in die Kasse hatte es der Prinzessin folglich keine Schwierigkeiten bereitet, sich auf dem Papier flugs in ‚Hans Meier' zu verwandeln. Und den Schnörkel, mit dem der König zu unterzeichnen pflegte, beherrschte sie besonders gut: Den hatte sie ihrem lieben Papa ja selbst beigebracht!

Im erstbesten Gasthof der Stadt fiel sie nun wie ein Wolf über das Frühstück her, das im Schloss höchstens dem Stallburschen geschmeckt hätte. Dazu trank sie tapfer saures Bier: Wenn schon ‚Hans Meier', dann auch richtig!

Gern hätte sie sich anschließend ausgeruht, aber Harro schnaubte warnend. Das bedeutete, es sei klüger, sich noch ein paar Meilen vom Schloss zu entfernen.

Die Prinzessin ließ sich daher von der Wirtin ein Fresspaket schnüren, wartete, bis Harro seinen Hafer vertilgt hatte, und ritt am anderen Ende der Stadt zum Tor hinaus.

Bis jetzt ließ das große Abenteuer auf sich warten …

Aber wie es der Zufall wollte – gegen Mittag traf die Prinzessin auf eine Kutsche mit Radpanne. Der Kutscher war auf der Suche nach einem Ersatzrad unterwegs, die Gäule grasten auf der Wiese und der Reisende saß am Straßengraben – hungrig und gut aussehend. Letzteres war nicht zu übersehen und dass er Hunger hatte erfuhr die Prinzessin, als sie Harro ebenfalls eine Weidepause gönnte und sich neben dem jungen Mann niederließ.

„Ich hätte da was für zwischendurch!", sagte sie und packte das Fresspaket aus. „Zu trinken allerdings …"

Aber damit konnte der Reisende dienen. Diesmal war es nicht saures Bier, sondern süßer Wein.

Während des gemeinsamen Picknicks gab ein Wort das andere – die Prinzessin wusste bald alles über den eifrigen Esser und dieser gar nichts über ‚Hans Meier', aber das merkte er nicht!

Irgendwann gegen Abend stellte sich der Kutscher mit dem Ersatzrad ein.

Als das Gefährt wieder rolltüchtig war, bot der junge Mann dem Burschen ‚Hans Meier' an, die Reise gemeinsam fortzusetzen.

Die Prinzessin willigte dankbar ein, denn sie war hundemüde. Kaum berührte ihr Allerwertester die Polster, sank sie schlafend gegen die Rückenlehne.

Harro – das schwarze Ross aus edlem Geblüt – trabte derweil neben den gewöhnlichen Gäulen her und schnaubte hin und wieder abfällig über die schwerfälligen Artgenossen …

Im Schloss war inzwischen der Teufel los: Der König hatte am Morgen den Kassenschlüssel vermisst und ihn zu seiner Verwunderung auf dem Schreibtisch im Arbeitszimmer wiedergefunden. Misstrauisch – denn das war er gründlich – prüfte er den Inhalt der Staatskasse und da kam es an den Tag!

„Was für Plunder hast du wieder angeschafft?“, schrie er seine Frau an. „Wir brauchen keine neuen Kronleuchter!“

„Als ob ich mich um Geld kümmerte!“, giftete die Königin. „Du bist es doch, der die Taler fortwährend zählt.“

Sie zankten sich noch beim Frühstück und merkten daher erst ziemlich spät, dass der Platz der Prinzessin leer blieb. Noch ehe der König nach der Tochter schicken konnte, klopfte es.

Der Stallmeister erschien – inzwischen wieder nüchtern – nahm Haltung an und meldete: „Majestät! Ross Harro seit dieser Nacht flüchtig!“

Der König fuhr von seinem Sessel auf. „Da schlag doch …“

Aber es gelang ihm nicht zu erklären, wer oder was geschlagen werden sollte, denn die Kammerzofe stürzte herein, knickste vor der Königin und jammerte: „Die Prinzessin ist weg. Einfach weg!“

Nun tobte der König wirklich, gab erst der Königin und dann dem Hofstaat bis zum Küchenjungen hinunter die Schuld am Verschwinden des Pferdes und der Prinzessin. Darauf ließ er eine schnüffelnde Hundemeute auf den Kleiderschrank der Tochter los.

Die Vierbeiner verschwanden kläffend im Schlafzimmer des Königspaares, belagerten die Geldtruhe im Arbeitszimmer, richteten in der Kleiderkammer großen Schaden an und stürmten schließlich in den Stall …

Womit denn klar war, dass Ross und Prinzessin miteinander durchgebrannt waren. Aber was hatten die Hunde nur in der Kleiderkammer gesucht?

Fazit: Ein Loch in der Staatskasse, ein abgängiges Pferd und eine ausgebüxte Prinzessin.

Der König verfasste in Verkennung der Bedeutung der Kleiderkammer einen nicht zutreffenden Steckbrief, in welchem er alle lieblichen Einzelheiten des Gesichtes, der Figur und Kleidung aufzählte, die seine Tochter zierten. Jeder im Schloss musste diese Litanei zehn Mal abschreiben und dann wurde der Steckbrief durch Boten in alle Himmelsrichtungen verteilt …

Währenddessen rollte die Prinzessin schlafend und schaukelnd ihrem neuen, abenteuerlichen Leben entgegen.

Der junge Mann, dem sie so zuvorkommend den größten Teil ihres Fresspaketes überlassen hatte, war von Beruf Anwalt; ein ehrlicher, keiner, der den Leuten die Taler aus der Tasche zog. Und er brauchte einen Gehilfen! Der Bursche, der in den Polstern leise vor sich hinschnarchte, gefiel ihm ungemein, daher fragte er ‚Hans Meier', sobald dieser erwachte, ob er Lust habe, in seine Dienste zu treten.

Weil der Anwalt sich nur in Gerichtsroben auskannte, machte ihn das in königlichen Fahnenfarben leuchtende Barett des Burschen in keiner Weise stutzig und ‚Hans Meier' hatte sich gehütet, etwas nur im geringsten Königliches verlauten zu lassen.

„Oh, aber gern trete ich in Eure Dienste, mein Herr!", beteuerte die Prinzessin nun mit künstlich tiefer gelegter Stimme und verstaute die verräterische Kopfbedeckung erst einmal in ihrem Ranzen.

Sei gegrüßt Abenteuer!

In der Rolle des Gehilfen durfte sie dem jungen Anwalt nun Tag für Tag die Akten ins Gericht tragen. Dort ging es noch aufregender zu als im Buch der Kammerzofe und vor allem – nichts davon war ausgedacht!

Halt! Das stimmte nicht! Die Aussagen der Kläger und der Beklagten erinnerten doch sehr oft an Märchen!

Die Prinzessin bewunderte die Klugheit ihres Arbeitgebers, der jedem dieser Märchenerzähler auf die Schliche kam. Ach, und wenn ihn diese kleidsame schwarze Robe umwehte … obgleich … die alberne weiße Perücke störte. Aber die trug er ja nur im Gerichtssaal.

Mit der Zeit weihte der junge Anwalt ‚Hans Meier' als gelehrigen Schüler in den Dschungel der Paragraphen ein.

Schon bald kannte sich die Prinzessin hinreichend darin aus, es war jedenfalls nicht verwirrender als im königlichen Irrgarten. Auch dort hatte sie den Ausweg stets gefunden, während der König – zur Schadenfreude der Königin – regelmäßig aus irgendeiner Hecke gerettet werden musste, durch die er unbedingt hindurchbrechen wollte.

Weil ‚Hans Meier' im Haus des Anwalts wohnte, nahm er auch am Familienleben teil. Mit Misstrauen beobachtete die Mutter des Anwalts das innige Freundschaftsverhältnis, das sich zwischen ihrem Sohn und dem jungen Burschen anbahnte.

„Du weißt gar nichts von ihm!“, warnte sie. „Aus welchen Verhältnissen mag er wohl kommen? Er hatte nur eine einzige Hose auf dem Hintern, als er bei uns eintraf, aber ein Ross, wie du es dir nicht leisten kannst. Das Barett hat er gewiss auch irgendwo gestohlen, es muss mal einem königlichen Boten gehört haben.“

Der junge Anwalt fragte nun 'Hans Meier' geradezu, was es mit der Kopfbedeckung und dem Ross auf sich habe.

„Hab' ich beides beim Würfeln gewonnen", log die Prinzessin mit dem ehrlichsten Gesicht der Welt. Das hatte sie sich von den Zeugen bei Gericht abgeguckt.

Dem jungen Mann genügte die Antwort. Die Anwaltmutter aber verlegte sich aufs Spionieren und hatte im Handumdrehen das Geheimnis ‚Hans Meiers' entdeckt. Aufgebracht verlangte sie, dass der Sohn die ertappte Lügnerin sofort an die frische Luft setze.

Zum ersten Mal in seiner beruflichen Laufbahn vertrat der Anwalt jetzt seine eigenen Interessen, die ihm plötzlich klar vor Augen standen – er bat seinen vermeintlich männlichen Gehilfen, ihn zu heiraten.

Das Wunder geschah – diesen Bewerber schickte die Prinzessin nicht zum Teufel! Aber sie musste nun Farbe bekennen und ihre Enthüllungen bereiteten dem Anwalt eine schlaflose Nacht.

Der König hatte – wie gesagt – die Abschriften seines Steckbriefes im ganzen Land verteilen lassen. Auch die Prinzessin kannte die Zettel zur Genüge. Sie wurden ja regelmäßig erneuert. Einer davon hing zudem im Gericht. Aber so, wie er abgefasst war, würde sie niemals von irgendeinem Menschen gefunden werden.

Dachte sie!

Dem jungen Anwalt jedoch war manches in der Beschreibung der gesuchten Person schon seit längerer Zeit sehr vertraut vorgekommen. Und wenn statt einer Prinzessin ein Prinz gesucht worden wäre …

Nun - angesichts der Enthüllungen der Prinzessin - sah er die ungeheure Schwere des Gesetzes auf sich niederstürzen: Unterlassung der Meldepflicht, Missachtung eines königlichen Befehls usw. usw.

Aber den Heiratsantrag würde er keinesfalls zurücknehmen!

Die Prinzessin löste das Problem auf ihre Weise.

Sie ritt mit dem Mann ihrer eigenen Wahl und auf ihrem lieben Harro zurück ins Schloss, wurde mit Jubel empfangen und legte dem verdutzten König vor versammeltem Hofstaat die Abrechnung für ein Frühstück, ein Fresspaket und eine Portion Hafer vor. Hinzu fügte sie noch die Restsumme der entwendeten Staatsgelder und obendrauf das Gehalt aus ihrer Tätigkeit als Anwaltsgehilfe, abzüglich des Hafers, den Harro vertilgt hatte.

„Das Ross steht wohlbehalten wieder im Stall", sagte sie. „Außerdem bringe ich dir einen rechtskundigen Schwiegersohn mit, der das Drunter und Drüber im Reich mal in Ordnung bringt. Als Familienmitglied beansprucht er zudem kein Gehalt, sondern wird nach angemessener Zeit, na du weißt schon …"

Oh ja! Der König wusste, was die Tochter meinte und fasste sich an die Krone. Zum Glück saß sie noch ziemlich fest.

Es wurde also Hochzeit gehalten und der Anwalts-Schwiegersohn nahm seine Arbeit im Staatsdienst auf. Er klopfte dem königlichen Schwiegervater unerbittlich auf die Finger, wenn der wieder einmal seinen üblichen Murks veranstalten wollte.

Eines Tages erklärte der König deshalb, Tochter und Schwiegersohn sollten sich ihre Arbeit gefälligst selber machen und übertrug der Prinzessin die Herrschaft über den Palast und die Pferde, dem Schwiegersohn über das Reich und die Staatskasse.

König Anwalt der I. aber sorgte dafür, dass im Land nie wieder Ungerechtigkeit …

Nein – man soll auch im Märchen nicht übertreiben!

**Barbara Siwik,**

Jahrgang 1939, arbeitete nach dem Abitur ein Jahr in einem volkseigenen Bau-Betrieb der ehemaligen DDR zwecks 'politischer Umerziehung'. Sie wollte eigentlich Germanistik studieren, erhielt aber aus politischen Gründen keinen Studienplatz. Deshalb absolvierte sie ein sozialpädagogisches Fachschulstudium in West-Berlin (illegal). Drei Jahre war sie nacheinander als Erzieherin in einem Kinderheim in Calbe/Saale, in einem Kindergarten in Halle/Saale und zuletzt in der freien Kinderbetreuung tätig. Nach der Heirat und der Geburt ihrer drei Töchter absolvierte sie ein vierjähriges Fernstudium an der Fachschule für Bibliothekare in Leipzig. Es folgte eine langjährige Tätigkeit als Dipl. Bibliothekarin in der Stadtbibliothek Merseburg, die sie von 1991 bis 1999 auch leitete.

Die Autorin ist in zahlreichen Anthologien mit Gedichten, Märchen und Erzählungen vertreten. 2008 gab der damalige Schmöker-Verlag Garbsen das Gedichtbändchen „High-matt-Land – satirische Gedichte" heraus, das in Gemeinschaft mit dem Schriftstellerkollegen Wolfgang Reuter entstand. 2010 erschien im Fhl-Verlag Leipzig der Fantasy-Roman „Das Erbe des Casparius", der 2015 im Sarturia-Verlag neu verlegt wurde. Noch im selben Jahr gab der Verlag die Roman-Fortsetzung

„Das Buch der magischen Sprüche“ heraus sowie das zeitgeschichtliche Werk „Wohin du gehen wirst“
Barbara Siwik lebt in Braunsbedra bei Merseburg. Sie ist Mitglied des Verbandes deutscher Schriftsteller Sachsen-Anhalt.

Homepage: www.barbara.siwik.de.vu

## Miniaturwelt von Melinda Eich

Auf den Seiten 25, 27 und 30 kann man Exponate aus Melindas Miniaturwelt sehen.

Melinda Eich ist gelernte Floristin. Sie ist eine Büchernärrin, liebt Mineralien und Gesteine, ihre kleine, freche Katze Midnight und Puppenstuben. Seit zirka sieben Jahren fertigt Melinda Miniaturen im Maßstab 1:12 an. Bevorzugtes Thema ist dabei die Fantasy-Welt, wo sie bei der Gestaltung von Hexen, Elfen oder Drachen ihrer Kreativität freien Lauf lassen kann. Sehr gerne gestaltet die Künstlerin zum Beispiel auch Weihnachtsstuben, eine kleine Bibliothek oder sogar ein Turmzimmer.

Die Miniaturen entstehen in liebevoller Handarbeit. Dazu nutzt Melinda unterschiedliche Materialien, wie Holz, Fimo, Perlen und Papier, aber auch Ungewöhnliches, wie Blech von Senftuben, kleine Zahnräder, Knöpfe oder Pfeifenputzer.

Wer gerne mehr über diese entzückende, kleine Welt wissen oder davon sehen möchte, kann Melindas Website besuchen.

**Melindas Miniaturen**

**http://melindasminiaturen.npage.de/**

**Es war einmal ...**

So ganz stimmt das nicht, denn es ist ja noch ...

Dort im Schloss Freiland, in den Bergen von Niederösterreich, da lebt ein Schlossgespensterfräulein. Kathy, so heißt die junge Dame, will immer das Beste für ihre ‚Mitbewohner' und so kommt es wie es kommen muss, denn Kathy kann in ihrem Übermut schon so manches durcheinanderbringen. Direktor Christian und seine Gäste erleben da eine Überraschung nach der anderen.

Wozu braucht ein Gespenst Vanillezucker? Was macht ein Lama im Wald, warum blühen Blumen im Winter und wie kommt ein Bild ins Hallenbad? Diese und weitere Geschichten rund um Kathy das freche Schlossgespenst, finden sich in diesem Buch.

Das Buch ist liebevoll illustriert und für jede Altersgruppe, von 2 bis 110 Jahren, bestens geeignet.

http://www.karinaverlag.at/products/kathy-das-freche-schlossgespenst-von-schloss-freiland/

STERNENREIHE - KARINA VERLAG

Sternenlicht und Märchenland

Sternenhimmel und Märchenwinter

Sternenglanz und Märchengarten

Sternenzelt und Märchenschloss

Karina Publishing

Vienna

## STERNENREIHE

Wenn der Tag sich seinem Ende neigt, freuen viele Kinder sich darauf, von ihren Eltern eine Gute-Nacht-Geschichte vorgelesen zu bekommen. Wieder andere sind schon fleißige SelbstleserInnen und vertiefen sich gerne in die wunderschönsten Märchen, um darin fantasievolle Abenteuer mit ihren ‚Helden' zu erleben. Es ist eine wunderbare Zeit des Lebens, in der man noch voller Begeisterung in eine Märchenwelt eintauchen und sich an Feen, Zwergen, Riesen, sprechenden Tieren oder ähnlichen Gestalten erfreuen kann. Damit auch in Zukunft noch viele wunderbare Geschichten die Herzen der Jungen und Junggebliebenen zum Staunen bringen können, sammeln wir eure Beiträge, um sie in der Sternenreihe zusammenzufassen.

**http://www.karinaverlag.at/**